달려라 외톨이

"이것은 나를 살린 달리기에 대한 책이다."

몸쓰기 시리즈 02

달려라 외톨이

노유현 지음

라라라

프롤로그

"습습, 후웁."

이른 아침 상쾌한 공기를 맞으며 달리다가 빵 굽는 냄새를 맡았다. 슬슬 배가 고파온다. 결국 도저히 참을 수 없어서 돌아오는 길에 좋아하는 빵을 샀다. 집으로 돌아와 빵과 어울리는 커피를 내린 후 간단하게 식사하고 오후에는 영화를 예매했다. 오늘 영화관은 텅 비어 있고 도시에는 사람들이 많이 없을 것이다.

왜 그럴까? 아, 그러고 보니 오늘은 민족 대명절 추석이다. 다들 귀성길에 올라 도시는 한산하다. 이제 곧 점심 식사 시간인데 문을 연 가게들도 많이 없다. 마치 사이버펑크 영화에 나오는 버려진 도시 같은 느낌이다. 점심은 어제 마트에서 사 온 라면을 먹으려 한다.

라면 봉지를 뜯으며 생각해 보니 어린 시절에는 혼자라는 것이 두렵기도 했었고, 짜증도 많이 나서 자신을 책망한 적도, 부모를 원망한 적도 많았다. 사회에서 혼자 남겨진다는 건 내 편이 없다는 이야기와 같기 때문이다. 굉장히 무서운 일이다.

한국 남자들은 군대에 반드시 가야 한다. 나 또한 정신없이 훈련소 시절을 거쳤다. 하루는 큰이모가 편지 한 통을 보내주었다. 나는 화장실 한 귀퉁이에서 편지를 읽어 내렸다. 쏟아지는 눈물을 이를 악물고 참았다. 돌아가신 엄마를 대신해 큰이모가

안쓰러운 마음에 보내신 편지에 현재 상황이 단번에 이해가 되었기 때문이다.

100일 휴가를 나왔을 때는 집이 없어서 잠잘 곳도 없었다. 큰이모 댁에서 자려고 했지만 불편한 마음을 감출 수가 없었다. 그렇게 4박 5일을 친구들 집에서 신세 지고 부대로 복귀했다. 가족이, 집이 없다는 것은 너무나 서러운 일이었다.

직장을 다니면서도, 사회에서 사귄 친구들이 뭘 하자고 제안하면 자신이 없어 하기 싫은데도 거절하지 못했다. 함께 하지 않으면 무리에서 잊힐까 봐 억지로 나를 맞춰 끼우며 살아왔다. 이렇듯 내 편이 없다는 건 혼자서 견디고 버텨야 할 순간들이 많다는 뜻이다. 그렇게 삶 속에서 자신에게 집중하는 시간보다 살아남기를 택하다 보면 예스맨이 되거나, 자신이 없어지는 사람이 되기 마련이다.

하지만 그렇게 살아왔던 순간들을 후회하지 않는다. 그 순간들의 삶에서도 배움이 있었고, 가장 중요한 건 '그렇게 살고 싶지 않다'라는 생각이 마음 깊이 자리 잡혀 있었기 때문이다. 받아들일 건 받아들이며 발전을 할 수 있었던 순간들이었고, 혼자라는 것에 두려워지는 시간들도 점점 익숙해지고 덤덤해졌으며 오히려 그 순간들을 즐기는 순간이 오게 되었다.

보글보글. 아, 좀 전에 뜨고 끓이던 라면이 이제 거의 다 익었다. '후후' 불면서 라면을 먹는다. 그리고 마저 생각해 본다.

오늘 아침 나는 달리기를 하며 한 편의 시를 완성할 수 있는 영감을 얻었고, 고소한 빵 냄새에 이끌려 빵과 향긋한 커피를 즐겼다. 또 잠시 쉬다 영화를 볼 생각에 평소 보고 싶었던 영화를 예매하고 이렇게 맛있는 라면을 먹는 순간. 이 순간이 나의 자유이며, 정말 행복한 시간이 되어버렸다.

이 자유를 만끽하고 싶은, 고독한 당신을 위해 그 고독함을 어떻게 극복했는지, 무엇을 통해 외로움으로부터 자유를 만들었는지 하나둘 알려드리려 한다.

이것은 나를 살린 달리기에 대한 책이다.

몸풀기

나에겐 내달릴
다리가 있다

세상에 혼자 남겨진다는 것

영국에는 외로움 장관(Minister for Loneliness)이라는 직책이
있다. 2018년 테레사 메이 총리 재임 시절에 만들어졌다. 그만
큼 현대 사회에서는 외로움을 사회문제로 인식하고 있는 국가
들이 많아지고 있으며, 선진국이라 불리는 국가일수록 이 '외로
움'을 큰 화두로 인식하고 있다.

흔히 외로움은 사회적 문제가 아닌 개인이 해결해야 할 문제라
고 생각하는 경우가 많다. 하지만 우리가 외로움을 느끼는 순간
들을 보면 그렇지만은 않다.

1인 가구인 A는 오늘도 퇴근 후에 혼자 저녁을 먹고, 유튜브를
보다 잠이 든다. 평일이 지나 주말권에도 이어지는 미래에 대한

불안감으로 금요일 저녁 술 약속을 잡아보려 하지만, 유부남 친구들은 나올 수가 없다. 대신 평소 자주 시켜 먹는 치킨에 맥주를 먹으며 유튜브의 바다에서 헤엄친다.

그러다 문득 사람이 그리워진다. SNS상에서 소통을 자주 하지만 실제로 만나 대화를 하거나 서로 기운이 담긴 이야기는 하기가 힘들다. 결국 시간을 허비하는 일에 중독된다. 심하면 알코올 중독에 걸릴 수도 있다.

사실 A는 외로웠다. 누군가와 인사하고 싶었고, 간단한 대화에 웃고 싶었고, 함께 밥을 먹고 싶었다.

A와 같은 환경에 처한 사람이 적다고 생각하는가? 아니다, 우리 주변에서 일어나는 무척 흔한 이야기이다. 저기 나오는 A의 모습도 사실은 나의 과거 모습이다.

주변을 둘러보라, A처럼 외로움에 허덕이고 있는 사람들이 태반이다. 하지만 정작 본인은 그것이 외로워서라는 것을 인정하기가 힘들다. 직장, 학교, 동호회, 가족 등등 너무나도 많은 상황에서 크고 작은 외로움들이 온다.

그렇기에 현실에서, 조금 더 주변 사람들에게 관심을 표하고 가족에게 그리고 가장 중요한 '나'에게 외롭지 않을 권리를 선사했으면 좋겠다. 그게 우리가 외로움에 대해 앞으로 가져야 할 자세이고 숙제가 아닐까 생각해 본다.

한번은 독거노인분들께 우유를 배달하면서 잘 계신지 확인하고, 안부를 묻는 기부 봉사 활동이 있다는 걸 알게 되었다. 참좋은 일이라고 생각하며, 세상에는 너무나도 멋진 사람들이 많이 있다는 사실에 마음이 따뜻해졌다. 배달을 받은 노인분들께서 하나 같이 하시던 말씀이 떠오른다. "내가 살아 있다는 걸 느낀 순간이었소." 한 사람의 행동이 누군가에게 살아 있음을 확인받는 순간이라는 것은 경이로웠다. 또한 베푸는 자와 받는 자말고도 나처럼 이를 지켜보고 감동한 모두에게 너무나도 소중한 경험으로 남을 것이다.

우리는 태어나는 순간부터 존재를 확인받는다. "우리 애기 일어났어? 까꿍!" "얘, 학교 늦었다 빨리 일어나!" "유현 씨, 출근시간이 지났는데 왜 안 오죠?" 하지만 점차 나이를 먹을수록, 또 삶이 바빠질수록 서로의 안부를, 살아있음을 확인하는 일에무뎌진다. 그리고 점점 자신이라는 존재를 잊어버린다. 그러니무뎌지지 않게 나부터 다른 이의 존재를 알아주고 살아 있음을확인해 주자. 그것이 나 자신도 살아 있음을 느끼는 순간이고,다른 이도 그럴 테니까.

어머니의 장례식

세상에 혼자 남겨지는 것만큼 힘들고 두려운 것은 없다. 22살,하나뿐인 엄마가 돌아가셨다. 그리고 나는 세상에 혼자 남겨졌다.

장례를 치르면서 참 많은 일을 겪었다. 세상 물정을 너무도 몰랐기에 '상주'라는 말도 처음 들어 봤다. 검은 양복을 입고 왼쪽 팔에는 검은색이 두 줄 그어진 완장을 찼다. 밤늦게 돌아가신 터라 그날은 조문객이 없었고 다음 날 조문이 이어졌다. 시간이 가고 사람들이 하는 이야기를 들으며 상황이 점점 실감이 됐다. 외갓집 식구들이 오셨다. 외할머니도 보인다.

잠시 옛날 생각을 하다, 외로움을 느꼈다. 어릴 때의 기억과 지금 커버린 현 상태의 모습이 교차가 되면서 무섭도록 외로웠다. 친구들이 보고 싶었다.

"어, 나야, 엄마가 돌아가셨다." "지금 갈게." 몇 시간이 지났을까? 사람들이 조문을 오기 시작한다. 그러고는 "괜찮냐?"라는 한마디. 입구에서 들어와 나에게 오는 친구들의 모습이 보이다가, 점점 시야가 흐려진다. 나는 이내 엎드리며 들썩였다.

붉어진 눈시울을 손에 훔치며 재회한 친구들과 잠시 이야기를 나눴다. 평소 가족같이 생각한 친구들이기에 의지가 되었고 든든했다. 그렇게 3일이 지났고 마지막으로 엄마를 볼 수 있는 '염'을 하는 날, 하나뿐인 아들은 엄마의 머리를 잡고 있어야 했다. 곧이어 다른 이들의 곡소리가 나기 시작하자 이제 정말 끝이라는 생각이 들었다.

그날은 마음으로만 눈물을 한없이 흘렸다. 이를 악물고 눈에서 떨어지려고 하는 눈물방울들을 하나도 놓치지 않고 잡아냈다. 의젓한 모습을 보이고 싶었을까? 친척들 앞에서 무너지면 안 된다는 생각이 들었던 것 같다. 그때의 마음은 지금도 잘 모르겠지만….

엄마가 돌아가시기 전에 마지막으로 하셨던 말이 생각났다. "생일인데, 미역국도 못 해주고, 미안해." 정말 미안한 사람은 나인데. 그렇게 집으로 돌아와서 입영 통지서를 한참 바라봤다. 입대까지 남은 기간은 8개월 정도였고, 이후로 나는 하루하루를 망각하면서 의미 없는 시간들을 술로 채워 넣었다.

앞서 말했지만 난 가족이 없다. 내 편이라고 생각할 수 있는 사람이 없어서 정말 외롭고 쓸쓸했다. 그래서 고독함을 견뎌내는 가장 쉬운 방법으로 음주를 선택했다. 술을 마시면 그 순간은 취해서 아무 생각도 안 하거나, 또는 슬픔이라는 감정 하나에 취해 다른 생각을 할 필요가 없었다.

하지만 계속된 음주는 결국 몸에 이상 신호를 주었고, 찌르는 듯한 가슴 통증과 함께 폐에 이상이 생겨서 병이 나게 되었다. 때로는 꾸준함이 좋은 습관이 아닌 경우도 있다. 나는 '이게 다 내가 못나서 그런 것이다.'라면서 많이 자책했다.

외로움의 늪에서 만난 나의 구원자
그러던 어느 여름날, 그날따라 이상하게 상쾌한 바람과 아침 공기를 맛보고 싶어서 밖으로 나갔다. 코끝에 살살 닿으며 간질이는 바람이 기분 좋았고 행복감이 몰려왔다. 그리고 발걸음을 경쾌하게 걷다가 '살짝 뛰어 볼까?' 하면서 달리기를 시작했다. 심장이 터질 것 같을 때까지 뛰고 나니 머릿속에 불필요한 나쁜 생각들이 싹 정리가 되고 긍정의 생각들이 샘솟는 것이 느껴졌다.

'그래, 달리기다!' 이것이 달리기와 나의 첫 만남이었다.

그날로 바로 술을 끊었다. 그때 맛본 그 긍정의 기분이 계속 생각이 나서 아침 달리기를 시작했다. 일주일에 3번 정도 달렸는데 처음 1km를 달릴 때는 늘 정말 죽을 것 같았다. 입안에서 피 맛도 나고 정말이지 더럽게 힘들었다. 하지만 달리고 난 후 오는 상쾌함은 이루 말할 수 없이 좋았다.

달리기에 빠져들면서 체력도 좋아지고 아팠던 병이 나았다. 매일 달리다 보니 좀 더 전문적인 달리기로 넘어가게 되었다. 어느새 하프 마라톤(21.0975km)을 뛰게 되었으며, 점점 더 먼 거리에 도전하다 보니 마라톤의 꽃이라 불리는 풀코스 마라톤(42.195km)을 꿈꾸게 되었고, 계속 뛰고 노력하며 정신을 차리고 보니 현 대한 울트라 마라톤 연맹 소속인 울트라 마라토너가 되었다.

100km가 넘는 거리를 뛰어서 완주하는 인간의 한계를 넘어서는 마라톤이다. 거리주, 시간주로 나뉘어서 경기를 한다. 거리주로 간단하게는 50km가 있으며, 100km, 200km, 대한민국 횡단 308km, 종단 622km 등이 있다. 시간주는 24시간 혹은 12시간 동안 더 많은 거리를 달리는 것을 측정한다.

달리기에 집중하다 보니 나의 인생에서도 반짝반짝 빛나는 순간들이 많이도 모였다. 그리고 마음속에만 간직하고 있던 기부라는 선행도 달리기를 통해서 이루게 되었다.

어린 시절 너무나도 가난하고 어려웠던 탓에 다른 어린이들은 그렇지 않았으면 좋겠다는 생각을 항상 가지고 있었는데 우연히 소아암, 백혈병을 앓고 있는 어린이들을 돕는 SNS 채널을 본 것이 계기가 되었다. 선한 영감을 얻은 나는 "당신의 미래는 아름답길"이라는 타이틀 아래 제주도에서 100km를 뛰고 그렇게 모은 금액을 기부했다.

기부에 참여한 분들은 실제로 얼굴조차 본 사이가 아니지만, SNS 안에서 너무나도 많은 응원과 격려를 보내주었다. 덕분에 무사히 완주를 할 수 있었고, 서울대 어린이병원을 통해 형편이 어려운 소아암, 백혈병 환아들에게 100만 원을 후원하게 되었다. 그렇게 개최해 온 대회를 2회나 진행했고, 이제는 점점 더 많은 사람이 뜻을 함께하고 있다.

처음에는 내 편이 없었다. 달리기에 집중하고 여러 일들을 이루어 오다 보니, 내 편도 생기고 또한 외로움에 대한 자유도 생겼다. 신기한 일이다. 마음 한구석의 고독함은 앞으로도 평생 함께하겠지만, 나는 더 이상 슬픔에 중독되지 않을 것이다. 스스로 외로움을 선택할 수 있는지, 없는지에 따라 삶은 180도 변한다는 것을 깨달았기 때문이다.

나의 지독한 취미

"훅훅, 흡흡, 훅훅, 흡흡."

사람들은 각자 취미가 있다. 그런 취미들은 자신의 성격이나 또는 환경을 통해 자신만의 영역이 된다. 그리고 나는 마라톤을, 울트라 마라톤을 한다.

달린다는 게 이렇게나 기쁜 일인 줄 누가 알았을까. 한참을 달린다. 벌써 6시간째 달리고 있다. 곧 50km CP˚가 나온다. 조금만 더 참자. 어느새 주변은 깜깜해졌다. 보급소에 가면 맛있는 콜라가 기다리고 있다. 빨리 가자. 발소리와 호흡 소리, 그리고 적막한 어둠 속 풀벌레 소리. 시야는 보이지도 않고 가져온 헤

˚ Check Point. 일반 마라톤 대회에선 '보급 장소'라는 뜻으로 통용되나, 울트라 마라톤이나 트레일 러닝에선 'CP'로 불린다. 이곳에서 장비를 점검하거나 간식 섭취, 식사 등이 이루어진다. '컷 오프(cut off)'라는 제도도 함께 이루어진다. 주최 측이 정한 시간 제한으로, 제한 시간 내에 들어와 컷 오프 지점을 통과하지 못하면 대회에서 실격하게 된다.

드 랜턴은 싸구려라 그런지 빛이 약하다. 정말 한 치 앞만 보인다. '어디쯤 왔나? 곧 보급소가 보여야 하는데 왜 안 보일까, 길 잃은 거 아니야?'

불안감을 가지고 한참을 달리다보니 저 멀리 50km CP가 보인다. 도착하자마자 체크 포인트 도장을 받고 식사를 한다. 식사는 소고기 뭇국이다. 크게 한 숟갈 떠서 입에 넣는데, 눈물이 나올 지경이다. "하, 참. 뭐 이리 맛있냐?"

50km CP를 지나니 가파른 산길이다. 포장은 깔끔하게 잘 되었지만 길은 산길이다. 욕이 나오기 시작한다. 새벽이 되니 점점 선선해지는 날씨에 아랫배가 살며시 아파 온다. 아무것도 안 보이는 통에 무서워서 마구 내달렸더니 더 아프다. 화장실도 없는데 골치 아프게 되었다. 다음 보급소에서 어떻게든 해결을 봐야 한다. 안 그러면 '진짜' 난감한 상황이 벌어질 것이 눈에 선하다.

어쨌든 무사히 도착해서 산속으로 들어갔다. 그리고 나오니 배가 또 고프다. CP에 있는 꿀떡이랑 콜라를 마구 먹었다. 빨리 출발해야 한다는 생각에 조급한 와중에도 달리면서 먹을 호두과자를 잊지 않고 챙겼다. 산을 4번이나 올랐다, 내렸다 하고, 마지막 내리막에서 컨디션이 좀 좋다는 것을 느꼈다. 첫 울트라마라톤 대회가 좋은 성적으로 나올 것 같은 착각이 들었다. 힘이 나서 내리 달렸다.

그렇게 달려온 85km 지점. 갑자기 다리가 움직이지 않는다. 속으로 외치는 마법의 주문 '할 수 있다. 나는 할. 수. 있. 다'도 통하지 않는다. 산 코스에서 제쳤던 사람들이 하나둘 앞지르기 시작한다. 기분이 묘했다. 자존심도 상했다.

그렇게 절뚝거리며 어떻게 해서든 안간힘을 써서 90km CP에 도착했다. 보급소 자원 봉사자가 열렬한 응원과 함께 환영해준다. 이번엔 꿀떡을 편하게 먹고 싶었다. 콜라도 3잔 이상 앉아서 마시고 싶었다. 모처럼 의자에 앉아봐야겠다. 그런데 어라? 앉을 수가 없다. 다리가 말을 안 듣는다. 여기서 앉아버리면 일어날 수 없겠다는 불길한 예감이 든다. 그렇게 서서 꿀떡을 콜라와 꿀떡 삼키며 남은 10km를 향해 발걸음을 옮겼다.

한 걸음 한 걸음이 고역이다. 이렇게 뛰기 싫었던 적은 처음이다. 어느덧 새벽을 지나 동틀 녘이 되었다. 무슨 정신으로 피니시 라인*에 들어왔는지 모르겠지만, 정신을 차려보니 피니시 라인에 서서 꽃다발을 들고 사진을 찍고 있는 내가 느껴졌다.

힘들었다. 너무 힘들었다. 주저앉고 싶었는데 앉을 수가 없다. 다리가 말을 안 듣는다. 어기적어기적 걸음을 옮겨서 피니셔의

---

* 골인 지점. 마라톤 대회에서 가장 짜릿한 순간을 맛볼 수 있는 장소다. 피니시를 할 때의 기분은 정말 뛰어 본 사람만이 알 수 있는 무언가가 있다.

만찬을 먹었다. 라면이었나? 밥이었나? 대충 뭔가 먹을 게 있어서 눈으로 들어가는지 코로 들어가는지도 모른 채 입에 꾸역꾸역 넣었다.

옆에 막걸리가 보인다. 마라톤 완주 후에 마시는 막걸리가 그렇게나 맛이 좋다고 하던데…. 한 잔 정도는 괜찮을 만한데도 마시지 못했다. 아니, 입에 술을 대고 싶지 않았다. 지금 이 자리에 오기까지 견뎌 온, 혼자서 싸워 온 그 긴 시간이 많이 외로웠나 보다.

기록증을 받고 완주 메달을 받았다. 감격의 눈물이 나오고 막 감동의 도가니일 줄 알았는데, 개뿔, 더럽게 힘들다. 빨리 씻고 싶었다. 멀리 떨어진 곳에 있는 사우나에 입욕권을 받아서 2km 정도를 또 걸어가야 했다.

대회장 앞에서 사진 한 장 촬영하고 사우나에 걸어가는데 서글퍼서 펑펑 울었다. 뭐가 그리 서러웠을까, 아니 힘들었을까? 사우나에서 따뜻한 물과 찬물에 번갈아 몸을 담갔다. 다친 근육들을 달래 주며 마음도 달랬다. 따뜻한 탕에 축 늘어져 있으니 세상만사 다 귀찮고, 내가 바로 선인이었다.

"행복이라는 거, 별거 아니구나."

그렇게 첫 번째 공식 울트라 마라톤 대회가 끝났다. 다신 안 하고 싶다는 생각이 머릿속에 가득했다. 집으로 돌아가는 기차를 타기 전까진.

기차를 타고 생각할 여유가 주어지자 머릿속이 분주하다. 이번 대회의 복기를 하는 중인 것 같다. 분명 다신 안 하고 싶다고 생각했는데 스멀스멀 코스에서의 기억이 떠오르며 다음번에는 이렇게 해봐야겠다는 작전을 짜고 있다. 사람 일은 알 수가 없는 노릇이다.

이것이 나의 취미 울트라 마라톤이다. 마라톤으로 시작해서 울트라 마라톤을 완주할 수 있게 되기까지는 그리 긴 시간이 걸리지 않았다. 불과 2년 전에 10km를 뛰고 나서 덜덜거리던 게 엊그제 같은데 이제는 100km를 뛰고 있다. '정말' 사람 일은 알 수가 없는 노릇이다.

달린다는 게 왜 이렇게 재미있는지 모르겠다. 사실 어떻게 보면 아주 지독한 취미라고 할 수 있겠다. 한번 달리면 갖은 고초와 고난을 이겨내는 것은 물론이고, 드라마 한 편을 쓸 수 있는 에피소드가 나오기 때문이다.

그러나 그보다 더 큰 선물을 달리기는 내게 안겨준다. 내 마음 구석구석에 남아 있는 해가 되는 것들을 달리기를 통해 버리고,

통제할 수 있기 때문이다.

나는 '달린다'라는 것을 자각하면 곧이어 달리면서 생각할 수 있게 된다. 그럼 그때부터 소위 우리가 동적 명상이라 불리는 행위를 하는 것이다. 이때 스스로에 대한 고찰을 통해 행동 방식이나 삶을 대하는 태도 등 일상에서는 미처 생각하지 못했던 나에 대한 많은 부분을 알아차리게 된다. 그리고 안다는 것은 곧 고칠 수 있다는 것으로 바뀐다. 바로 이 부분이 내 달리기에서 제일 좋아하는 부분이다.

나의 삶을 더 나은 방향으로 안내하는 든든한 안내자. 그래서 나는 마라톤을, 울트라 마라톤을 한다.

국내 울트라 마라톤 대회

울트라 마라톤 대회가 무엇인지 간단히 살펴보자. 우선 국내에서는 KUMF에서 주관하는 12/24 시간주 대회, 대한민국 종단 622K 울트라 마라톤 대회, 제주 국제 울트라 마라톤 대회, 한반도 횡단 308K 울트라 마라톤 대회, 코리아 컵 100K 울트라 마라톤 선수권 대회 이렇게 5개가 열린다.

각 대회마다 성격이 다르지만 종단, 횡단 대회는 정말 강인한 정신력을 가지지 않으면 완주할 수 없다. 더불어 각 지방에서도 공인 대회들이 많이 열리고 있는데 그중 청남대 울트라 마라톤 대회가 인기가 있고, 천안 흥타령 울트라 마라톤 대회도 있다.

우리는 모두 자기 삶의 주인공이다. 내 삶의 관점으로 보았을 때 남들은 그저 조연일 뿐이다. 물론 조연에도 출연 빈도가 낮은지, 높은지에 따라 주, 조연이 있겠지만 말이다. 우리는 자신의 관점에서 스스로를 다독이며 어떻게 주인공을 만들어 갈 수 있는지 알아보고 또 실천하는 마음을 가져보자.

"우리는 사실 모두 주인공이야!!"
"잊지 마!"

그리고 걸어보자. 삶의 주인공을 만들어 줄 달리기를 위해 걸어보자. 달리기는 반복적인 리듬의 운동이다. 그 가장 기초적인 부분을 걸으며 이해하고 걷기의 리듬을 익혀보자.

리듬감을 익힌다는 것은 생각보다 중요한 일이다. 가장 기초가 되는 동작을 알아낸다는 것이기 때문에. 걷기의 리듬이 숙지가 되면 달리기의 리듬도 금세 익힐 수 있다. 왜냐하면, 그건 자신의 리듬이기 때문이다.

산책도 프로가 되나요?

한참을 머리를 싸매고 고민을 하다 문득 상쾌한 공기를 쐬며 지친 몸과 마음을 쉬게 해주고 싶었다. 그리고 그 자리에서 탈출하고 싶었다.

우리는 고민이 많을 때나, 심각하게 긴장하는 상황 등 큰 스트레스를 마주했을 때 적당한 휴식을 가질 필요가 있다. 그럴 때 제일 간단하고 좋은 방법은 상쾌한 바람을 맞으며 콧잔등에 걸리는 공기를 마시는 것이다.

호흡하면 숨을 들이마시며 근수축이 일어난다. 그리고 내쉬며 근이완이 이뤄진다. 숨쉬기를 반복하며 몸 안에 쌓인 이산화탄소나 좋지 않은 물질을 배출해 낸다. 몸을 다시 준비의 상태로 돌리는 것이다. 긴장되거나 매우 경직된 상태에서 심호흡 몇 번으로 침착해지는 효과가 있는 이유이다. 이렇듯 밖으로 탈출하여 심호흡을 크게 한 뒤, 맑은 공기를 마시고 싶었다. 요새는 맑은 공기를 마시기가 힘들지만 말이다.

그리고는 발걸음을 한 발짝, 한 발짝씩 옮긴다. 몸과 마음, 머리가 다시 생각할 수 있는 상태가 되도록 시동을 걸어주는 것이다. 그렇게 길을 걸으며 생각을 정리한다. 생각을 정리하다 어느 정도 마무리를 짓고 주변을 둘러보니 한강 다리 너머로 울렁이는 물빛에 반사된 햇빛과 강바람이 괜스레 마음을 설레게 한다. 한참을 고민하고 스트레스를 받으며 에너지를 쏟는 상황에서 자연에게 스스럼없이 자유를 만끽하며 에너지를 얻으며 그렇게 오늘 또 하루를 살아내는 사람이 되었다.

이러한 걷기를 우리는 산책이라고 부른다. 산책의 정의 또한 휴식을 취하거나 건강을 위해서 천천히 걷는 일이라고 정의된다. 산책을 하면 스스로의 정신을 회복하고 또 다양한 생각의 갈래를 얻을 수 있다. 게다가 전신 운동까지 가능하니 이 얼마나 대단한 행위인가!

여러 모로 현대 사람들은 산책의 프로가 될 이유가 충분하다. 끊임없이 발전하는 사회 속에서 받아들이기 힘든 이유와 이해를 내 건강에 해가 되지 않게 수용하기 위해 숲을 거닐며, 때론 강바람을 맞으며, 나무가 뿜는 귀하디귀한 피톤치드(phyton-cide)를 콧속에 품으며 걸어야 한다. 산책의 프로가 되기 위해 지금부터 어떤 과정이 있는지 알아보자.

나에게 집중하는 시간

살면서 나에게 집중하는 시간이 얼마나 주어진다고 생각하는가? 꽤 많은 사람들이 딱히 오랜 시간을 들인 적은 없다고 생각할 것이다.

24시간을 잘 살펴보자. 아침 6시에 일어나서 부랴부랴 출근 준비를 하고 출근길에 이리 치이고 저리 치이며 혼비백산한 상태로 출근을 한다. 어안이 벙벙한 상태로 업무를 어느 정도 하나 싶을 때 곧 점심시간이 온다. 그리곤 사람들과 점심을 함께 한다. 이후 쏟아지는 눈꺼풀을 막을 새도 없이 몰려오는 일감에 정신을 하루 종일 놓은 채로 퇴근만을 기다린다. 그리고 이내 족쇄가 풀리며 날아갈 듯 가벼운 몸을 일으키고 기쁜 마음으로 회사를 빠져나온다. 이때 돌발 이벤트로 야근이라는 비상 상황에 붙잡힐 확률이 꽤 높다.

아무튼 9시간을 고되게 보내느라 지친 마음을 달래기 위해 평소 즐겨보던 유튜브나 넷플릭스 등을, 때로는 자기 계발을 하기 위한 영상을 시청하며 집으로 발걸음을 옮긴다. 늦은 저녁을 먹고 남은 자투리 시간은 집안일이나 준비해야 할 일 등으로 시간을 보낸 뒤 좋아하는 영상을 시청하며 스르륵. '띠디디디띠디디디' 하고 울리는 알람 소리를 들으며, 혹은 늦잠을 자서 '아, 지각이다'로 시작하는 아침을 맞는다.

우리 대부분이 살아가는 모습은 이렇게 척박하고 숨가쁜 생활의 반복이다. 그 안에서 나에게 집중하는 시간은 없다. 주말도 데이트 혹은 지인과의 약속이 잡히거나 평일에 못 한 부분을 더 큰 재미로 보상받으려 하는 심리 덕분에 더더욱 나를 만나기는 어렵다. 그럼 나에게 집중하는 시간은 왜 필요한가?

희대의 철학가 소크라테스가 중요하게 생각하며 자주 한 말이 있다. "너 자신을 알라." 인생은 생각대로 되는 법이 전혀 없다. 이것은 누구나 공감할 것이다. 생각하지 않으면 자신이 원하는 방향으로 갈 수가 없다. 성장은 계단형이라고 이야기한다. 나아가고자 하는 방향으로 끊임없이 생각하고 실천하고 실패하고, 실패한 부분을 복기하여 다시 원하는 방향에 살을 붙이고 빼서 수정하고. 이러한 과정을 거치며 인간은 성장하고, 그 경험담을 다른 사람들에게 이야기하며, 그러면서 점차 자신 생각이 옳다는 걸 증명한다. 이후 이런 식으로 지속적인 성장을 한 인간은 자신이 생각한 것보다 더 나은 사람이 될 수 있다.

한 남자가 있다. 그는 자신의 삶이 마음에 들지 않았지만, 다르게 살 꿈을 꾸었지만 방법을 생각할 수 없었다. 매일매일 지친 삶을 살아가고 있지만 더 나아질 수 있는 방법은 복권에 당첨되는 방법밖에 없다고 생각했다. 그래서 날마다 암울한 상황을 잊어내려 술을 마시고 또 아픔을 씻어내려 술을 마셨다. 몇 번 다르게 살 수 있는 방도가 있었지만 경제력이 없어서, 나는 못나서, 할 수 없다는 생각을 했다. 또다시 삶은 원점으로 돌아왔다. 그렇게 원점으로 회귀하고 다시 돌아오는 찰나의 시간 동안 몸과 마음은 점점 시간 속에 퇴색된다. 그리곤 이내 회생할 수 있는 힘을 잃어버린 채 인생이란 무대 위에서 쓸쓸히 퇴장한다.

이건 우리와 가장 맞닿아 있는 이야기이고 실제로 이렇게 살아가는 사람들이 많다. 나 또한 무언가 없어서 혹은 무엇이 안 돼서 못한다는 생각을 많이 했다. 하지만 실제로는 아니다. 자신이 생각하는 성공은 그리 먼 곳에 있는 이야기가 아니라는 말이다. 차근차근 미래를 위한 로드맵을 그리고 그것으로 갈 수 있는 방향성을 여러 갈래로 생각을 한다. 그리곤 최선이 실패했을 경우 차선을 선택하고, 그렇게 수정에 수정을 거듭해서 그 지점으로 도달하게 되면 정말 달라진 자신을 발견할 수 있다. 그리고 자신이 원하는 성공에 근접한 사람이 될 것이다.

이것이 나에게 집중하는 시간이 필요한 이유다. 나에게 집중을 하지 않으면 일단 가장 중요한 '나'를 알 수가 없다. 내가 무얼 원하는지, 무엇이 되고 싶은 것인지 어떤 꿈을 꾸는지 등 내가 지금까지 해 왔거나 해본 것들 또 하고 싶었던 것들을 구체적으로 알아야 전략을 짜고 스스로를 믿을 수 있는 용기가 생겨난다. 그리고 그렇게 쌓은 믿음은 거의 깨지지 않는다. 자신을 믿기 때문이다.

나를 안다는 건 그런 것이다. 내가 삶을 꾸려 나갈 수 있는 내가 원하는 형태의 그릇을 만들고, 그 안에 담을 것을 스스로 정해서 담는 것이다. 내가 원하는 형태의 그릇은 인생이 바탕이 되는 생각이다. 즉, 나는 어떤 사람인지 무엇을 좋아하는지 어떤 것을 원하는지 등등 마음과 끊임없이 대화해서 자신이 원하는 그렇게 살고 싶은 바탕을 만들어 내는 것이다.

각고의 시간을 통해 빚어낸 그릇은 그만큼 소중해서 허튼 것을 담기 쉽지 않다. 그렇기에 정말 원하고자, 성취하고자 하는 것을 담아내는 단계가 필요하다. 우선 담아내기 위한 그릇을 빚어낸다고 상상해보자. 그 그릇에 무엇을 담고 싶은가? 스스로 빚은 청아한 백색 그릇에 아주 먹음직스러운 달큰 상큼한 샤인 머스켓을 담는 것과, 하얗게 곰팡이가 펴서 말라비틀어진 샤인 머스켓을 담는 것은 의미가 아주 다르다. 이 점을 상기하며 내가 하고 싶은 것을 담을 그릇을 빚어보자. 그릇을 빚는 동안 무엇을 담을지 신중히 정하다 보면 좀 더 수월하게 자신의 마음에 쏙 드는 것을 결국에는 담을 수 있게 될 것이다.

나에게 집중하는 시간은 자신에게 엄청난 변화를 가져올 수 있다. 그렇기에 하루 30분이라도 산책을 하며 나 스스로가 하는 마음의 소리들을 하나도 놓치지 말고 들어보고 또 대화해 보자. 내면의 나와 대화하는 것이 꼭 삶을 송두리째 변화시키지는 않는다. 그럼에도 작은 변화와 소소한 자아 충전의 시간은 앞으로의 삶을 살아가는 데 자산이 되어줄 것이다. 그러므로 이 시간은 살면서 꼭 필요하다. 그래서 말인데 우리 이제 '나'를 조금 더 알아주고 토닥여 주고 스스로에게 투자하는 시간을 가져보자.

이 시간을 갖기 위한 방법으로 '걷기'를 추천한다. 장 자크 루소도 "걸어야만 명상할 수 있다."라고 말했다. 천천히 마음의 여유를 가지고 푸른 숲속을 걷거나 사람이 많지 않은 곳을 걸을 때 자신에게 몰입할 수 있는 기회들이 찾아온다. 그 시간을 찾아야 하기에 우리는 산책이 필요한 것이고 또 그 시간을 자주 갖게 되면 점차 산책의 프로가 될 수 있다. 산책의 프로가 된다는 건, 그만큼 나에게 집중하는 것이 아닐까 생각해 본다.

걷다 보면 느끼고 보이는 느림의 미학

현대 사회에서 가장 많이 느끼는 것은, 빠른 속도감이다. 예전에는 연락을 하려면 친구 집에 전화를 해야 했다. 각 집마다 전화기가 있어서 집에 전화를 한 후 "우진아, 현대 앞에서 보자." 하는 식으로 약속을 잡아야 했다. 또 지금처럼 스마트 폰이 아닌 일반 핸드폰이었을 때는 기본 문자가 40글자밖에 전송되지 않았다. 그래서 40글자 안에 함축적인 내용을 담아서 보내야 했는데, 작가의 솜씨를 뽐내게 하는 작품들이 많이 있었다. 지금은 자기가 하고 싶은 말을 다 할 수 있지만 말이다.

그 당시에는 그 속도도 대단히 빠르다고 생각했는데, 지금 와서 보니 전혀 빠른 것이 아니라는 생각이 든다. 그렇게 현대인들은 빨리빨리 가 점차 몸에 익어가고 있다. 요새는 그래도 다양한 체험의 장이 열리면서 농장 체험이라던지, 자연 체험 등 자연과 함께 할 수 있는 것에서 느림을 체험하고 있다.

일반적으로 도시는 빠르고, 시골은 느리다. 빠른 것과 느린 것 둘 중 하나만 좋고 나머지는 나쁜 것이라고 규정할 수 없다는 것은 다들 알 것이다. 다만 자연은 정해진 속도가 있다. 물론 인간이 개입하여 그조차도 빠르게 속도를 바꿔 놓는 경우가 있지만, 본래의 자연은 정해진 속도가 있다. 그것을 인간의 관점으로 보자면 느려 보이겠지만, 자연은 그들만의 속도로 빠르게, 느리게 조절하며 태동하고 있다. 그리고 인간도 자연의 일부이다.

봄이 오면 싹이 트고, 꽃과 풀들이 잠에서 깨어나 일어날 준비를 한다. 그리고 벌들이 비행을 시작하면 신록의 푸른 숲을 보여준다. 그리곤 여름이면 제일 핫한 가수 '매미'의 노래를 들으며 뜨거운 절기를 보낸다. 어느덧 울창했던 숲과 나무들이 앙상해지면 예쁜 쓰레기로도 불리는 '눈'이 내리는 겨울이 찾아온다. 이처럼 자연은 그들만의 정해진 속도로 약간은 빠르게 조금은 느리게 다양한 방식으로 절기를 살아낸다.

이 와중에 빠른 삶을 살아가는 사람이 본래의 속도로 돌아와 느림을 제대로 체험할 수 있는 순간이 있다. 바로 걸으며 산책하기이다. 기분에 따라 살짝 높은 텐션의 가벼운 발걸음으로 시원한 커피 한 잔을 들고 청계천을 걷는다고 생각해 보자. 살랑거리는 바람이 귀를 간지럽히고 물 흐르는 소리의 효과음은 시원함을 가져다준다.

그런 '좋은' 산책을 하면 기분이 정말 좋아진다. 특히나 우울할 때 걸으면 기분이 한결 나아진다. 왜일까? 걸으면서 다양한 사물을 보며 생각의 전환이 이뤄지고, 또 호흡을 하면서 체내에 불필요한 요소들을 버리고 새로운 공기가 주입돼서 우울한 생각을 치유할 기회가 생기기 때문이다.

여기에 좋은 템포로 걷다가 느림을 추가해 보자. 마치 양반처럼 걷는다고 생각을 하고 말이다. 이런 보행은 자세히 주변을 둘러볼 여유를 갖게 해 준다. 처음에는 좀 어려울 수도 있다. 아직 느림에 적응이 되지 않아서 몸이 절로 빠름을 좇기 때문이다. 하지만 점차 느림에 적응이 된다면 또 다른 세계를 느낄 수 있다. 마치 명상과도 같은 느낌을 받게 되는 것이다.

맞다, 명상. 이른바 '동적 명상'이라고도 하며 슬로 템포의 걸음을 걷다 보면 리듬이 생기고 걷는 행위에 집중을 하다 보면 마치 주변에 아무도 없고 큰 공간 안에 나만이 온전히 놓여있는 느낌을 받는다. 그리고 주변의 것들을 조금 더 정확하게 자각하게 된다. 이를테면 어릴 때는 보이지만 어른이 되고 나서는 보지 못한 밖에서 보는 개미라든지, 어릴 때 좋아하던 잠자리, 천에서 헤엄치고 있는 물고기 등 다양한 것들이 마음속에 들어오기 시작한다. 그리고 살아 있음을 느끼며 자연과 하나가 되는 순간을 경험한다.

실제로 일어나지 않을 법한 이야기라고 생각하지만, 직접 해보면서 자연의 생태가 느껴진다면 그때가 바로 당신이 느림의 미학을 알게 되는 순간이다.

자연의 소리가 들리기 시작할 때
달려보자

몸 상태가 정말 좋지 않아서 건강을 위해, 살이 많이 쪘다고 느꼈을 때 달리기라도 해야겠다고 마음을 먹은 적이 있는가? 그리고 한 일주일을 숨을 헐떡이며 달리다 작심삼일로 끝난 적이 있는가? 꾸준히 달리기는 생각보다 어렵다. 일주일도 오래 지속했다고 생각한다.

처음의 시작은 정말 힘들다 특히나 호흡이 달리는 달리기에서는 더욱더. 처음 달리기를 시작할 때 1km라는 거리가 그렇게 먼 거리였는지 처음 알았다. 1km라는 거리가 내 머릿속에서 다시 한번 정의가 되었다. 마음에 드는 이성을 만났을 때, 많은 사람들 앞에서 섰을 때 보다 훨씬 더 많이 심장은 나대었다. 그 이후로 몇 번 더 달리고 한참을 쉬었다. 이렇게 힘든 걸 왜 하는지.

그리고 한참을 알코올에 빠져 허우적거리다 달리기를 다시 만났다. 그때 만난 달리기는 아직도 계속 만나고 있으며 끊임없이 사랑한다. 여러 상황에서 오는 스트레스를 이기지 못하고 술을 먹다 보니 몸에 이상이 생겼다. 가슴이 쿡쿡 찌르듯이 아팠다.

이대로는 정말 큰일 날 것 같아서 달리기를 다시 만났다. 1km를 뛰기도 얼마나 힘든지 알고 있었으므로 굉장히 무서웠고 두려웠다. 다시 달리기를 만나 잘할 자신이 없었지만, 다른 방도도 없었다. 그래서 무작정 싸구려 러닝화를 구매하고 신고 밖으로 나갔다. 그리고 다짐했다 오늘만은 1km라는 거리를 달리면서 나에게 지지 말아야지. 그렇게 뛰는데 800m쯤에서 또 너무나 죽을 것처럼 힘이 든다. 그렇게 겨우겨우 목표하는 거리를 뛰고 나서 다음을 생각하니 뛰기가 싫다.

왜 이런 걸까? 생각을 해보면 간단하다. 어렸을 때부터 우리는 달리기를 잘못 배웠다. 학교에서, 운동회에서는 50~100m를 달리고 기껏 장거리를 달려봐야 800m가 최고로 많이 달리는 달리기이다. 게다가 모든 달리기는 평가가 달려 있기에 '빨리' 달리지 않으면 좋은 점수를 받을 수 없었다. 즉 자신이 원하는 달리기가 무엇인지도 모른 채 평가를 위해서 달렸기 때문에 어려웠던 것이다. 그렇게 좋은 달리기를 할 수 없었기에 유난히도 달리기가 싫었던 걸지도 모르겠다.

그렇다면 좋은 달리기란 무엇일까? 바로 자연과 함께 달리는 것이다. 모두에게 정답이 될 순 없겠지만, 나는 달리기를 오래 사랑하고 잘 달리는 방법 중 하나라고 생각한다. 우리는 전 단계에서 천천히 걸으며 산책하는 법을 익혔다. 그리고 주변의 소리를 들으며 '나'를 느끼는 법도 배웠다. 자 그럼 이제 실행해 보자. 이번에는 달리며 주변의 환경을 인지하고 자연의 소리를 들으며 아주 천천히.

그렇게 달리다 보면 어느새 자신이 기분 좋은 달리기를 하고 있다는 걸 발견하게 될 것이다. 이왕이면 장소는 큰 나무들이 즐비한 곳이면 더 좋겠다. 메타세쿼이아 길처럼 큰 나무들이 길게 쭉 뻗은 곳에서의 달리기는 당신에게 새로운 달리기 경험을 선사해 줄 것이다.

내 마음의 작은 변화들에 귀 기울이기

가끔 달리다 보면 마음이 말을 걸어올 때가 있다. '아, 나 너무 힘들어 그만 달리고 싶어.' 그럴 때면 마음에게 말한다. '우리 조금만 더 버텨보자.' 그렇게 마음을 달래며 LSD 훈련을 마친다. 마음은 달리기를 멈추려 다양한 방법을 쓴다. 이를테면 뛰기 전엔 '오늘은 다리가 아픈 것 같은데?', '오늘 일정이 너무 많아서 달리기 힘들겠어.' 뛰면서는 '이 정도면 오늘 거리는 다 채웠어.', '춥다 (혹은 덥다) 들어가자.' 그런데 신기한 건, 마음이 그렇게 말을 걸어올 때 살살 달래서 달릴 수 있게 이끌어 낸다면 더 달릴 수 있게 된다는 것이다. 사점을 지나간다고도 하는데 이 사점을 지나면 한동안은 더 달릴 에너지가 나온다. 그리고 또다시 마음과의 면담 시간이 돌아온다. 마주치고 싶지 않은 순간이지만 어쩔 수 없다. 그러니 마음이 하는 소리들, 변화들에 귀를 기울이고 그에 맞는 액션을 취해서 마음을 달래주자. 조금 더 나은 달리기를 하기 위해서. 성장을 위해 꼭 필요한 순간일 테니.

오늘도 훈련할 예정이다. 장소는? 매번 다니는 둑길이지. 신발 끈을 질끈 묶고는 현관을 나선다. 그리고 한 걸음 한 걸음 달리기 위한 장소로 이동을 한다. 날씨는 달리기 꽤 좋은 날씨지만 컨디션은 그리 좋지 못하다. 그래도 오늘 달리기로 했으니 스포츠 시계를 작동하고 GPS를 잡는다. 그리고 출발한다.

러너의 마음가짐

달리기를 시작하는 러너의 마음가짐은 어떤 것이 필요할까? 여러 가지가 있겠지만 가장 큰 것은 '러닝화를 신을 수 있는 용기'와 '집을 나서는 것'이라고 생각한다. 제대로 마음먹지 않으면 새벽에 일어나서 달려보자고 생각했던 것은 까맣게 잊고 이불 속에서 곤히 잠들어 있는 아이 한 명을 볼 수 있다. 퇴근 후에라도 꼭 달리자며 집으로 와서는 습관처럼 옷을 '휙, 휙' 던져 놓곤 샤워를 한다. 그리고 저녁을 먹으며 뒤늦게 생각한다. '아뿔싸, 나 달리기로 했지?' 이렇게 오늘의 결심은 내일로 미루어진다. 그렇게 미루던 달리기는 기약 없는 약속을 한 채 내 머릿속 한구석으로 방치된다.

러너의 마음가짐은 처음이 제일 어렵다. 그리고 단계별로 갈수록 점점 쉬워진다. 하나만 생각하면 되기에. 처음은 일단 강제성이 부여되어야 한다. 운동복을 강제로 입고, 운동화를 강제로 신고, 현관문을 나선다. 억지로라도 하는 마음이다. 현관을 나선후 운동장이나, 뛰고 싶은 장소에 도착해서는 첫 발자국을 떼는 것. 시작하는 마음가짐이다. 또 한 여기까지 왔으면 안 하려고 해도 안 할 수가 없다. 마지막으로 가장 중요한 포기하지 않는 마음을 가지고 자신이 정한 거리만큼 해내는 것이다. 그렇게 한 번씩 해내는 마음으로 달리기를 대하다 보면 어느새 누가 뭐라고 해도 열정 넘치는 러너의 마음가짐으로 달리는 자신을 보게 될 것이다.

어느 날 여느 때처럼 옷을 입고 나갈 채비를 한다. 바깥의 날씨는 약간 쌀쌀해졌기에 조금은 두꺼운 옷으로 고른다. 이어폰을 귀에 꽂고 음악을 들으며 한참을 걷는다. 그렇게 걸으며 목적지 없는 골목길 탐험은 계속된다.

의미 없는 카메라 셔터음과 빛을 보지 못하는 사진첩에 쌓이는 사진들. 또 한참을 걷다가 툭, 하고 발에 무언가 채였다. 데구루루. 발에 차인 돌은 내가 의미했든 아니든 자기 혼자 저 멀리 굴러간다. 그리고 이런 생각이 들었다. '아, 나 외롭나 봐.'

이렇듯 외로움은 어디에나 있고 언제나 옆에 있다. 그렇다고 번번이 외로운가? 또 그건 아니다. 마치 머릿속에서 어떤 연관된 물건이나 상황이 스쳐 지나가면 전구가 번뜩이는 것처럼, 외로움도 그런 것이다. 갑자기 발현되어 나타나는 것. 특히 내가 어떠한 계기로 마음에 힘이 없거나 삶의 방향점을 잃어버렸을 때 득달같이 달려드는 그 녀석, 외로움이다.

함께 있지만 너의 말에는 공감 못 해

"안녕하세요! 반갑습니다. 잘 부탁드립니다." 처음 보는 사람들과의 모임에 참석했다. 같은 동호회 소속으로 가입하고 처음으로 참석한 오프라인 모임이다. 간단하게 약식으로 자기소개를 하고 이런저런 다양한 주제로 대화를 이어간다. "비트코인이….", "우리 애가요….", "아, 그 장비 좋아요?" 자리는 무르익고 많은 대화를 나눈 것 같은데 점점 소외되는 기분이다. 그리고 처음이라 그런지 불편하고 힘이 든다. 2차로 자리를 옮기며 슬며시 집으로 발걸음을 돌린다. 그리고 관심사였던 동호회가 점점 불편해진다.

함께 있는 순간에도 외로운 순간이 오는 건 누구나 겪어 본 상황이다. 같이 있어도 외로운, 바로 사회적 외로움이다. 그렇다면 우리는 어떤 방법으로 이 문제를 탈피할 수 있을까?

오늘은 퇴근하고 좋아하는 크로스핏을 하러 가야지, 아 이번 주말에는 더 멀리까지 달리는 달리기 훈련을 해야지. 이처럼 우리는 혼자 있을 때 나와 잘 노는 법을 배워야 한다. 그런 법을 배우지 않으면 지금처럼 고립되지 않았지만 고립된 외로움은 지속해서 따라다닐 것이다. 자신을 사랑하고 스스로가 좋아하는 일들을 만들면서 성취하는 삶이야말로 외로움에서 벗어날 수 있는 가장 좋은 수단이라 생각한다. 그리고 취미를 가져라! 좋은 취미야말로 자신의 성취를 빠르게 느낄 수 있으며 삶이 성장하는 데에도 도움을 주므로 추천한다.

이를테면 나는 달리기를 통해 새 삶을 얻었다. 삶이 만만하게 보일 때, 혼자 고립되어 있다고 느꼈을 때 달리기를 만나서 지금은 울트라 마라토너가 되었다. 술에 빠져 허우적거리고 나를 과신했을 때, 허풍과 허세가 가득할 때 만난 달리기는 고난과 역경으로 나를 새 사람으로 깨우치게 해 주었다.

100km라는 먼 거리를 달리다보면 수없이 반복되는 유혹이 끊임없이 나를 흔든다. '그만둘까?' '이렇게 힘든 걸 왜 하고 있을까?' 라는 이런 유혹들 속에서 꿋꿋하게 견뎌내며 발걸음을 움직였다. 더 이상 뛸 수 없을 때에도 발을 질질 끌며 원하는 거리를 완주했다. 그렇게 만들어 낸 나의 달리기로 나는 새 인생을 살아가고 있다.

이와 같이 달리기는 나 자신에게 집중을 하기 좋고 그에 따른 성취감은 이루 말할 수 없다. 내가 생각한 거리에 도달했을 때 오는 성취감, 원하는 시간 안에 들어왔을 때의 성취감, 그리고 대회에서 사람들과 함께 호흡하며 완주를 했을 때의 성취감. 이렇게 성취감을 즐기며 혼자 노는 법을 배워 간다면, 사람들과의 사이에 있어도 외롭지 않은 나를 발견할 수 있을 것이다. 스스로를 아끼며 자신감 있게 살아간다면 조연들 사이에서 외로울 이유는 없어진다.

그러니 오늘부터, 운동화를 신고 밖으로 나가보자. 아니면 좋은 책도 좋다. 내가 만들어지는 시간을 소중하게 사용해 보는 것은 어떨까?

아마도 결혼은 어렵겠습니다

'N포세대'라는 말이 있다. 2015년 얼어붙은 취업난과 여러 시대적 문제에 직면한 20~30대 청년들이 처한 현실을 일컫는 말로 점점 벌어지는 사회적 빈부의 상황과 함께 결혼, 연애, 취업, 인간관계, 꿈, 희망, 출산 등 아예 모든 것을 접어 버리는 세대를 아우르는 말이다. 참, 슬픈 말이다. 우스갯소리로 유명한 "포기는 김장할 때나 쓰는 말이지!"라는 농담도 이제는 석연찮다.

아침에 느지막이 일어나서 편의점으로 향한다. 요새 편의점에 간편 도시락이라는 것이 나왔는데, 가격이 2,800원이다. 한 끼에 2,800원이면 점심값치고는 굉장히 저렴한 편이다. 점심값이 한 끼에 6,000~7,000원 하니 말이다. 그렇게 소불고기 도시락을 고르고 집에 와서 허겁지겁 먹는다. 양이 부족하다 싶을 땐 컵라면도 함께 사서 뜨끈한 국물까지 먹을 수 있으니, 일석이조다.

식사를 마친 후 나온 쓰레기들을 대강 밀어 놓고 아르바이트를 가기 위해 급하게 샤워한다. 화장실은 변기에 앉으면 문이 안 닫힐 정도로 좁다. 씻는 둥 마는 둥 대강 몸을 씻고 주섬주섬 옷을 입는다. 다 철이 지난 옷이라 색이 바래거나 헌 곳이 있지만 그에 대한 불만은 이젠 없어졌다. 아끼지 않는 신발이라, 잔뜩 구겨 신고 생계를 위해 집을 나선다.

그러던 어느 날, 커피를 열심히 만들고 있는데 저 멀리 누군가가 눈망울 한가득 찬다. 그리고 그 사람은 그날 노크도 없이 마음에 들어왔다. 그리고 전체회식이 있던 날 벌겋게 달아오른 볼때기를 마주 보며 묶여있던 마음이 용기를 낸다. "우리… 만날래?" "응!" 살면서 기쁜 순간들을 꼽으라면 순위권에 들어가는 순간일 것이다. 고백에 성공하고, 시원찮은 삶이었지만 어떻게든 발버둥을 치고 싶었다. 그래서 일도 더 열심히 하고 운동도 시작했다.

그러나 한창 젊음을 핑크빛으로 물들이던 시기도 결국 지나간다. 결국 마르고 말라비틀어진 자존감은 마음 깊숙이 가라앉아 어디 있는지 찾을 수 없게 되었다.

그날도 어김없이 마음에 먹구름이 가득 낀 그런 날 중 하루였다. 이른 아침에 뛰는 사람을 보고 홀린 듯 그를 뒤를 따라 뛰었다. 얼마 못 가 심장이 몸 밖으로 나와서 곧 터질 것만 같았다.

입에서는 피맛이 났다.

그런데 기묘하게도 마음을 옥죄던 사슬은 느슨해지는 것을 느꼈다. 한결 가벼운 기분으로 하루를 시작하고 그 기분으로 꽤 좋은 하루를 보냈다. 이날의 달리기도 잊을 수가 없다. 그렇게 이어져 온 인연으로 이제는 풀코스 마라톤, 울트라 마라톤도 달리게 되었다. 그리고 삶이 이어졌다.

연애, 출산, 인간관계, 희망, 취업 전부 지금도 어려운 이야기이다. 하지만 달리기와 함께 인연을 지속하며 끊임없이 안개 속을 헤쳐 나가면서 꿈이 생겼다. 그리고 그 안에서 인간관계의 기초인 대화를 할 수 있는 주제들도 생겨났다. 사람과 사람을 만나며 이전에는 느껴보지 못했던 관계를 쌓는 일의 소중함도 알았다. 그러자 다시 핑크빛도 왔다가 먹구름도 왔다가 하며, 매번 모래알만 씹지 않았다. 이 모든 것은 무언가를 한다는 행위를 놓지 않았기 때문에, 걷기와 달리기로서 마음의 사슬을 풀어냈기 때문에 가능했던 일이다.

그러니까, 지금 우리, 조금이라도 마음에 사슬이 죄고 있다면, 마음이 심해로 빠져들고 있다면. 나가자. 그래야만 해결된다. 우두커니 서 있는 채로는 해결할 수 없다. 그러니 지금 당장 문을 박차고 나가자.

근데, 아마도 결혼은 하기 어렵겠습니다?

가족으로 만나 남보다도 못한 사이

지긋지긋한 인연이다. 가족으로 만나서 남보다도 못한 사이. 나에게는 그런 아버지가 있다. 연을 끊고 싶어서 호적 등본(지금은 가족관계등록부로 변경)에서 내 이름을 지우려 해도 우리나라 법상 그렇게 할 수가 없다고 한다. 아무리 이해하려 해 봐도 내 머릿속에선 도저히 이해할 수 없는 행동들을 해왔기에 증오심만 남았다.

그래도 성인이 되고 우연히 아버지를 다시 만났을 때 좋은 관계를 쌓아보려 노력했다. 주변에서도 그렇고 그래도 아버지는 아버지니까 너무 그렇게 생각하지 말라고 많이들 이야기했기에, 그리고 나도 가족이 있고 싶었기에. 그러나 나는 아버지에게 연대보증을 서 주었다가 배신당했고 그 후 아버지 번호를 차단해 버렸다. 더 이상 부모와 자식의 관계가 아니라는 생각이 들었다. 그렇게 우리는 가족으로 만나서 남보다도 못한 사이가 되었다.

세상을 살다 보면 이런저런 일이 있기 마련이다. 저 당시에도 너무 억울하고 몸에 화가 많이 생겨서 누가 건드리면 쉽게 화를 내는 불같은 성격이었다. 그리고 그런 모습이 싫어서 유일하게 행동하며 성격을 조절할 수 있는 달리기로서 모든 상황을 조율했다.

너무 화가 나서 잠이 안 오면 한강으로 무작정 달려 나갔다. 아침에도 기분이 별로면 석촌 호수를 한 바퀴 돌아서 기분을 업시켰다. 그러면 차분해지면서 좀 더 나은 하루가 펼쳐졌다. 또한 기분이 좋아도 그대로 달리러 나갔다. 떨어지는 벚꽃잎 아래에서 봄바람에 살랑살랑 뛰는 그 순간은 좋은 기분을 더 좋게, 그리고 잊지 못하는 순간으로 만들어 줬다. 그렇게 달리기는 내게 아픔을 치유하는 시간이기도 했고, 나 자신과 끊임없는 싸움이기도, 행복한 추억이기도 했다.

만약 당신이 너무나도 힘들고, 세상에 나 혼자 있다고 느껴진다면, 진심으로 달리기를 추천한다. 처음에는 분명히 하기 싫다. 하지만 그 순간들을 이겨낸 당신에게 집중한다면, 아마 점점 달라지는 자신을 느낄 수 있을 것이다. 그리고 그런 스스로를 점점 더 사랑하게 될 것이다.

새로운 곳에서 달리고
새로운 사람들과 달린다

달리기를 하다 보면 기존에 달리던 곳이 지겹거나 더는 마음에 차지 않을 때가 있다. 약간 질린 것이다. 그럴 때는 분위기 반전을 위해 장소에 변화를 주어보자. 트랙을 찾아 뛰어 보는 것도 좋고, 언덕길을 찾아서 뛰어보는 것도 좋다. 하지만 역시 가장 좋은 것은 길게 늘어선 나무 사이로 살랑이는 바람을 맞으며 뛰는 것이다. 숲이 주는 행복감을 받으며 달린다는 건 너무나도 행복한 일이다.

그렇게 달리다보면 또 혼자 달리기가 지루할 때도 온다. 이때 달리기 크루에 가입하는 것도 방법이다. 크루원들과 호흡을 맞추며 함께 발맞춰 달린다는 행복감을 알게 된다. 그것도 달리기가 참 좋은 부분 중 하나다. 다만 여럿이 단체로 달리다 보면 사고의 위험도 있기에 앞줄에서 크게 외치는 신호를 힘차게 따라 하며 달려보자. 보행자, 바닥 조심, 장애물 조심, 앞에 러너 조심, 한 줄로! 그러면 없던 힘도 나고 정말로 즐겁다.

시작하기

달리면 비로소
보이는 것들

드디어 오늘 첫 달리기가 시작된다. 그동안 우리는 마음을 가다듬고 주변의 소리를 들으며 조금 더 행복하게 달리게 돕는 마음가짐을 연습했다. 이제 남은 것은 문을 현관문을 박차고 밖으로 나가기. 그리고 한참 걸으며 '나중에 이곳을 뛰면 좋겠다.'라고 생각한 곳으로 가기. 잠깐의 스트레칭으로 설레는 마음을 차분히 가라앉히고 몸도 운동을 시작할 준비가 되도록 열을 올려주기. 준비되었는가? 그렇다면 스포츠 시계가 있는 사람은 달리기 설정을, 핸드폰으로 기록을 할 사람은 핸드폰에서 달리기 모드를 설정하자. 가볍게 호흡을 몇 번 마시고 뱉으며, 이완과 수축을 해주고 지면을 가벼이 차듯 구르며 발을 앞으로, 앞으로 옮기자. 그렇게 우리의 달리기를 시작해 보자.

처음 달리기를 접하는 사람들은 아마 느낄 것이다. 1km가 이렇게 멀었구나, 하는 감각 말이다. 달리는 동안 시간도 안 가고 거리도 좁혀지지 않고, 그 자리에 주저앉고 싶은 마음이 가득하다. 하지만 우리는 지금껏 걷기를 통해 다리 근육을 쓰면서 달리기를 시작할 준비를 해 주었고, 또 주변 자연의 소리를 들으며 집중을 하는 법을 알았다. 그런 집중은 달리기에서 '몰입'이라는 중요한 요소로 작용이 되며, 긴 거리를 순식간에 갈 수 있게 되는 마법 같은 순간도 펼치게끔 만들어 준다.

팔을 앞뒤로 흔들고 호흡을 팔 흔들림에 맡기며 리듬을 맞춰보자. 마음을 열고 귀를 열어서 풀벌레 소리, 새소리, 도시의 소리 등 다른 것에 집중을 하면서 달려보자. 이 1km 달리기에서 가장 중요한 것은 포기하지 않고 갖은 방법을 동원해서 멈추지 않고 오늘 정한 이 거리를 해내는 것이다. 즉 우리는 해내는 연습을 하는 것이다. 성취감을 통한 나의 자신감과 자존감을 올리는 것이다.

포상은 러너를 키우지

무사히 해내면 시원한 맥주와 바삭한 치킨으로, 아니, 시원한 물과 기분 좋은 파이팅으로 나 스스로를 반드시 칭찬해 주자. 머리를 쓰다듬어도 좋고 '오늘의 나 칭찬해'라고 하며 저금통에 100원을 저금해도 좋다.

한 지인은 달리기 적금통장을 만들어서 자신이 정한 혹독한 훈런이나, 대회에서 목표한 바를 이루었을 때 10만 원, 20만 원, 30만 원 이런 식으로 만들어서 저금하신단다. 그리고 나중에 그 돈으로 달리기에 필요한 신발을 사거나 물건을 사는 것으로 자신을 칭찬하고 또 자신이 이뤄내서 저금한 돈으로 원하는 물건을 사는 두 배로 기분 좋은 행동을 만끽한다는 것이다. 이런 행동은 자신이 이루고자 하는 목표에 더 다가서기 좋은 비법일 수도 있겠다는 생각을 했다.

또 가장 중요한 건 오늘의 달리기 일기를 쓰는 것이다. 내가 달리면서 무얼 느꼈고 어디가 불편했다면 그런 것도 꼭 적어 놓고 기록과 거리 등 오늘 달리는 내용들을 기록하는 것은 참 중요하다. 자신의 성장을 볼 수 있기 때문이다. 사람은 망각의 동물이기에 나중에 머릿속으로 기억하는 것과 자신이 직접 쓴 글씨든 핸드폰 메모장에 쓴 것이든 기록이 남아 있으면 자신이 해왔던 것을 기억을 하며 느낄 수가 있다.

머릿속으로 상상하는 것과 직접 경험한 것을 다시 읽고 회상하는 것은 매우 다르다. 그러기에 우리는 꼭 기록을 해줘야 한다. 예를 들어 예전에 나는 5km를 뛰면 다리가 후들거리고 얼굴은 벌겋게 달아올랐으며 주변의 소리가 들리기는커녕 1분마다 '포기할까?'를 계속 마음속으로 연발하며 걷다 뛰기를 반복했다. 그렇게 억지로 달려와서 5km가 되었을 때 기분을 날아갈 듯이 좋았다. 정말 너무 행복해서 맥주와 치킨을 먹었다. 다음 날은 많이 후회했다. 걸을 때마다 다리에서 느껴지는 근육통은 온몸을 너무 괴롭게 했다. 그리곤 '다신 뛰나 봐라.' 하고 생각했다.

이렇게 쓴 일기를 나중에 읽어보면 지금까지 해 왔던 기록들과 역사들이 머릿속에서 단번에 살아 있는, 생동감 넘치는 나의 달리기 역사가 체감된다. 몸에서는 아드레날린이 분출된다. 이렇게 기록은 아무것도 아닌 지난 일을 살아있게 만들어 주는 하나의 장치이므로 꼭 기록을 하도록 하자.

그렇게 1km를 다 달리고 나면 바로 멈추지 말고, 걷기로 전환하여 10분에서 20분 정도는 몸이 움직임을 마무리할 수 있도록 쿨다운을 해주자. 갑자기 높은 운동 강도를 해서 몸의 열을 확 올렸다면, 몸이 바로 열을 내리지 않게 천천히 내리는 '쿨다운'이라는 행동으로 다시 몸을 기존의 상태로 만들어 주는 것이 필요하다. 그래야 빠르게 뛰는 맥박도 천천히 가다듬을 수 있고 호흡도 서서히 정상으로 돌아오기 때문이다. 그리고 1km도 적은 거리가 아니기 때문에 끝이 날 때 피곤하다고 느껴거나 너무 힘이 들었다면, 마사지를 반드시 해주고 충분한 휴식을 취할 수 있게 릴랙스해주자.

- 내 몸의 컨디션: 몸살 정도의 아픔이 있는데도 뛰면 안 된다. 당연히!

- 신발: 무엇보다 자신의 발에 잘 맞고 편해야 한다. 비기너에겐 쿠션이 있는 신발을 추천한다. 꼭 신발 끈을 내 발에 착 맞게 다시 묶어주자. 단, 너무 조이게 묶지는 않도록 하자.

- 활동 기록용 앱 혹은 스포츠 시계 그리고 일지: 나의 기록적인 첫 달리기의 시작인데, 기록도 안 하는 건 나 스스로에게 서운한 행동이다. 반드시 나의 첫 달리기, 그리고 앞으로의 달리기를 위해 기록을 하고 운동일지를 쓰자.

- 활동이 편한 운동복: 운동복이라는 제품군이 형성될 정도로 운동복은 운동을 하는 사람에게 필요한 요소이다. 너무 딱 맞거나 헐렁거리지 않는 편이 운동을 하기에 적당하다.

- 스포츠 모자/헤드 밴드/반다나: 운동을 하면 머리에서 땀이 잔뜩 나는 사람들이 있는데, 그게 나다. 눈에 땀이 많이 들어가서 운동을 방해하는 부분이 있을 수도 있으므로 '내가 땀이 많다' 하는 분들에게 추천한다.

- 양말: 처음 달리기를 한다면 약간 두꺼운 양말이 좋다. 거리에 따라 양말의 종류도 달라진다. 우리의 소중한 발을 위해 보드랍고 약간 두꺼운 양말을 신어주자.

- 음료: 시원하게 목을 축일 수 있는 음료나 시원한 물이 있으면 더더욱 좋다.

- 간단한 간식: 오랜만에 달리거나 처음 달릴 경우 굉장한 에너지와 기운을 소비하므로 아주 간단하게 먹을 수 있는 에너지 바, 사탕, 작은 초콜릿 등을 준비하면 좋다. 달린 후에는 꼭 소박하지만 맛있는 보상을 해주자.

달리기를 잘하려면 나를 잘 알아야 한다. 이것은 삶을 살아가는 순간도 마찬가지라고 생각한다. 내가 무엇을 좋아하는지 어떤 것을 잘하는지. 나에 대한 파악이 확실해야 무엇이든 잘 해낼 수 있다. 그래서 달리기에는 행복과 나를 잘 알아가는 과정이 필요하다. 내가 얼마큼 해낼 수 있는지, 매일 달릴 수 있는 체력이 되는지, 부상은 어떤 강도로 달렸을 때 나타나는지. 몸의 사용 설명서를 얼마큼 읽어 내느냐가 꾸준히 오래 그리고 잘 달릴 수 있는 키 포인트다.

누구보다 나를 잘 알기
나를 잘 안다는 것은 달리기를 잘할 수 있는 능력과 이어진다. 내가 어떤 코스를 좋아하는지, 어떤 훈련을 좋아하는지, 어떤 날씨에 무슨 옷을 입고 달리는 것을 좋아하는지, 이런 부분들을 하나하나 데이터화시켜서 기록을 해야 한다. 그렇게 기록이 된 달리기는 스스로를 아주 잘 파악할 수 있는 기회가 된다. SNS로 운동하는 사람들과 소통을 하는 기록도 좋고 스포츠 앱을 통해 하는 기록도 좋다. 달리기를 시작하는 순간엔 꼭 기록하자. 그래야 누구보다 나를 잘 알 수 있는 기회가 생기기 때문이다.

기록을 하기 시작했으면, 도전을 즐기자. 오늘 30분 달렸으면 내일은 35분, 이렇게 시간과 거리를 늘리는 도전, 평소 달려보지 않았던 오르막이 있는 곳을 달려보는 도전 등 수많은 도전은 나를 좀 더 잘 알게 해 준다. 그리고 이런 도전을 통해 성취를 함으로써 마음을 단단하게 해 준다. 그렇게 단단해진 마음을 갖춘 사람은 자존감이 높아지고 인생을 스스로 쟁취하며 살 가능성이 높아진다.

21년 여름 부상 이후 42km를 넘어선 거리를 뛰어 보겠다고, 끊임없이 머릿속으로 달려야 할 코스를 되뇌고 멋지게 달리는 선수들의 영상을 이미지 트레이닝 하면서 방법을 연구했다. 어떤 타이밍에 에너지 공급을 어떻게 할 것인지, 급수는 어떤 타이밍에 얼마나 마실 것인지 시뮬레이션을 돌렸다. 뛰기 3일 전에는 자전거를 타고 코스 전체를 쭈욱 돌아보았다. 덕분에 내가 뛸 코스를 좀 더 생생하게 그릴 수 있었다. 그렇게 뛰는 장면들을 하나씩 하나씩 그려내고 연습을 한 결과 첫 풀 코스를 넘어선 46km를 뛰게 되었다. 그때 스스로에게 생긴 자존감과 성취감은 말로 표현할 수 없을 정도로 대단했다. 그 이후 100km 달리기도 도전하게 되었고 완주에 성공했다.

이것은 단지 재능이나 실력으로 견줄 문제가 아니다. 단지 재능이나 실력만 믿고 고민하지 않았다면 아마 분명히 해낼 수 없었을 것이다. 이것은 스스로를 잘 파악했고 그간의 기록으로 어떻게 하면 해낼 수 있을지 고민하고 실천했기 때문에 해낼 수 있었던 것이다. 그러므로 잘 달리는 것의 핵심은 바로 누구보다 나를 잘 안다는 것이다.

외로움과 달리기의 상관관계

외로움은 언제나 옆에 콕 붙어 있다. 하지만 극도로 외로운 그 순간에도 나는 달리기를 알아가며 행복했고 세상에 찌들었던 고단했던 마음을 달리기 덕분에 치유할 수 있었다. 달리는 순간에는 외롭지 않냐고? 외롭다. 하지만 사회에서 오는 고립됨, 타인에게서 오는 스트레스를 동반한 문제들과는 좀 다른 쓸쓸함이다. 달리는 순간에는 그저 자신과 호흡, 주로만이 있기 때문이다. 나의 신체리듬과 친구가 되어, 때론 자연의 소리에 반하며 달리다 보면 잡생각과 모든 스트레스는 소멸된다.

달리기는 그 자체로 나를 돌아보는 신성한 행위이기에 스스로와 만날 수 있는 유일한 시간이다. 외로움 자체는 스스로에게서 발생하는 경우가 많다. 마음의 병인 셈이다. 누군가를 통해 치유를 받고 싶어 하지만, 정작 누군가를 만나고 시간을 보내면 알게 된다. 더 큰 외로움으로 돌아온다는 것을.

그렇기에 우린 힘들지만 스스로와 이야기하고 끊임없이 소통하며 고난을 겪어야만 해결할 수 있다. 그리고 그것을 푸는 방법으로는 내가 해본 것 중 단연코 달리기가 최고라고 말할 수 있다. 그러니, 지금 스스로 외로워서 누군가를 만나 대화하거나 술을 마셔서 고독함을 풀고 싶다면, 차라리 가벼운 운동복을 입고 산책을 하자. 그리고 어느 정도 워밍업이 되었다고 신호가 오면 달리자. 이마에서 흐르는 땀방울을 닦으며 거친 호흡을 정리해 보자. 그렇게 나에게 집중하는 시간들을 가지다 보면 건강이라는 보상이 되돌아오고 어느새 외로운 마음은 슬그머니 사라질 것이다.

아웃도어 활동을 하다 보면 항상 부딪히는 순간이 바로 날씨다.
실내에서 하는 운동은 날씨의 영향을 받지 않지만 실외에서 하
는 운동은 영향을 많이 받는다. 비가 오거나 눈이 오거나, 춥거
나 덥거나.

달리기를 시작한 지 얼마 되지 않았을 때 한 번은 비가 왔다. 예
전에 학교 다닐 때 아침 댓바람부터 비가 오면 신발이 다 젖고,
그럼 양말은 당연히 싹 다 젖는다. 그렇게 집에 갈 때까지 축축
하게 지냈던 기억이 떠올라서 달리기 싫었다. 결국 그날은 달리
기를 쉬었다.

비가 오는 날은 특히나 몸이 찌뿌드드한데, 활력이 돋는 달리기
를 하지 못하니 더 축 처지는 느낌이 들었다. 그렇게 평생 날씨

가 좋지 않다는 핑계로 달리기를 하지 않을 것만 같았는데, 달리기 자체를 즐기고 뛰는 행위 자체를 사랑하게 되니 또 그렇지가 않았다. 비가 오면 '우중런이다!' 하면서 싹 다 젖은 채로 뛰는데 그게 기분이 그렇게 좋을 수가 없다.

여름철 내리는 비를 맞으며 뛰는 우중런은 즐겨보지 않은 사람은 모른다. 그 환상적인 기분을. 그리고 한번 빠져들게 되면 비 냄새가 나는 날은 마음이 설렌다. 비 내리는 날은 장거리 달리기를 할 때 물을 챙기지 않아도 되어서 좋다. 왜냐하면 땀이 나지만 주변 습기와 비를 맞으며 약간씩 섭취하게 되는 물들이 갈증을 해소해 주기 때문이다. 그래서 가끔 비 올 때 달리면 정말 기분이 째진다. 다만, 빨래는 나만의 몫이다.

사람마다 다르겠지만 여름철 복장은 웬만하면 땀 흡수가 잘 되고 열감을 빨리 배출해 줄 수 있는 기능성 옷을 입는 것이 좋다. 그래야 몸에 열이 쌓이지 않고 배출이 되며 순환이 되기 때문이다. 30도가 넘어가는 한 여름에는 서늘한 밤 시간에 조깅을 하는 게 정신적으로나 건강에 좋다.

한 번은 34도의 더위에서 풀코스 마라톤을 뛰다가 새까맣게 타고 집에 터덜터덜 오면서 신나게 웃던 적이 있었는데, 추천하지 않는다. 평소 고행을 좋아하는 나로서는 도전해 볼 만한 가치가 있었기에 한 것이지, 주변 사람들에게 절대 권하고 싶지 않다. 500ml 물을 10개 정도 마신 것 같다. 역시 여름철 달리기에서 가장 중요한 것은 급수다. 신체가 물을 땀으로 소진하기 전에 미리미리 물을 채워줘야 탈수를 방지해 주기 때문에 항상 미리 물을 챙겨 먹는 연습을 하면 좋다. 이렇게 달리면서 물을 먹는 연습을 하면 대회에서도 사레가 들리지 않고 자연스럽게 물을 마실 수 있기 때문에 물 먹는 습관을 게을리하지 말자.

달리기의 꽃이 '우중런'이라면 그에 상응하는 매력을 가진 것이 바로 '설중런'이다. 흩날리며 내리는 예쁜 쓰레기. 눈이 내리는 날 달리면 위험한 순간들도 많지만 그것을 감내하고도 겪어볼 만한 매력이 있다. 기회가 된다면 다리 근력을 충분히 키우고 설중런에 도전해 보시길.

각 날씨마다의 매력이 있지만 개인적으로는 여름을 제일 좋아한다. 뜨거운 태양 아래서 땀을 뻘뻘 흘리며 달릴 때의 기분이란. 캘리포니아 해변에서 선셋을 구경하며 시원한 맥주를 한잔 들이켜는 그런 기분이랄까.

하지만 많은 사람들은 겨울의 달리기를 선호한다. 땀도 많이 나지 않고 달리고 나면 시원하다는 이유가 있다. 그런 겨울의 달리기를 잘하려면 일단 방한에 많이 신경 써야 한다. 가볍게 추운 10~11월은 장갑과 바람막이나 조끼 정도면 충분하지만 급격히 추워지는 12월부터는 무조건 따뜻하게 입고 조금씩 자주 뛰는 것이 제일 좋다. 평소 장거리를 선호하기에 겨울에도 15km, 21km를 뛰면서 느낀 것은 '정말 뛰기 싫다'였다. 급수 보급을 위해 물 1L를 러닝 베스트에 넣고 뛰다 보면 물이 얼어서 물을 먹지 못하는 경우가 태반이었다. 대략 난감한 상태.

그리고 원하는 거리를 채우고 집으로 돌아올 때, 걸어서 오곤 했는데 땀으로 다 젖은 옷은 더욱 춥게 만들었다. 그래서 느낀 게 있다. 달리기는 자주, 오래, 정확하게 해야 실력이 늘어간다. 그리고 실력이 늘어가는 포인트는 계단형이다. 한 번에 갑자기 늘지 않는다는 소리다. 뛰다보면 발전이 없는 것 같지만, 그럼에도 꾸준히 달리다 보면 어느 시점에서 훅 실력이 좋아진다. 그렇기에 겨울의 달리기는 가까운 곳에서 조금씩 자주 뛰는 것이 가장 좋다.

또한 겨울에는 물을 잘 안 먹게 되는데, 그렇게 되면 체내 수분이 급격히 줄어들어 '탈수'가 빨리 진행되므로 물도 조금씩 자주 마셔 주는 것이 좋다. 주말에 날 좋을 때는 미처 채우지 못한 거리를 채우면 겨우내 우리의 달리기도 이상 없이 잘 가꾸어 나갈 수 있다.

이처럼 날씨의 영향을 많이 받는 실외 달리기는 그만큼 우리의 마음에 많은 것을 느낄 수 있게 한다. 자연 속에서의 달리기로 나무들의 싱그러움을 느끼며, 꽃들은 살랑이며 우리에게 관심을 한아름 안겨다 준다. 마음에 짐이 있다면 비가 오는 날 꼭 한 번 뛰어보길 권장한다. 평소 씻기 힘든 불편한 마음속까지 씻어 주는 고마운 비다. 또 눈이 내리는 날 뛰면, 강아지가 왜 그렇게 신이 나는지 몸소 체험하게 될 것이다.

그러니까, 어떻게 달려요?, 라고 뇌에서 변명거리를 만들어 내기 전에 옷을 주섬주섬 입고, 신발을 신고 밖으로 나가자. 아, 물론 궂은 날씨에 뛰고 집으로 들어와서 하는 빨래는 다시 한번 말하지만, 나만의 몫이니 감내해야 한다.

실내에서 달려볼까?

뭐니 뭐니 해도 궂은 날씨에는 안 뛰는 것이 제일 좋다. 하지만 그럼에도 불구하고 몸이 찌뿌둥해서 또는 달리기가 너무 하고 싶어서 무조건 해야겠다면 헬스장에 가보자. 트레드밀(러닝머신) 위에서 천천히 조깅을 하는 것이 실내에서 할 수 있는 거의 유일한 움직임일 뿐이지만 말이다. 실내 달리기는 궂은 날씨를 피할 수 있다는 점이 최대 장점이다. 반면 여러 사람이 한정된 공간에서 호흡하기 때문에 이산화탄소로 공기를 탁해진다는 점이 불편하다. 그래서 나는 땀이 살짝 나기 시작할 때 달리기를 멈추는 편이다. 아, 또 하나 헬스장에서 달리기가 좋은 이유를 꼽자면, 헬스장 옷을 입고 뛰기에 빨래를 직접 하지 않아도 된다는 점이랄까?

우리 한국 사회는 특히나 자신에게 무척이나 엄격한 것 같다. 남들에겐 관대한 방면 자신에게는 끊임없는 채찍질이 주어진다. 보상은 따로 주어지지 않는다. 예전에는 가난하고 못 살아서 엄격했다고 치면, 지금은 조금씩 바뀌고 있는 추세이다. 하지만 아직도 많은 사람들은 자신을 자신의 한계 끝까지 몰아넣고 자신을 돌보지도 못한 채 그렇게 마음이 늙어가고 있다.

겉으로 보이는 '겉모습'도 중요하지만 보이지 않는 내면의 '마음'도 매우 중요하다. 마음이 늙으면 정말 늙은 것이다. 겉으로 보이는 모습이 늙어 보여도 마음이 젊다면, 그건 젊은것이다. 즉 유연한 생각을 할 수 있다는 것이다. 유연한 생각을 가지면 좋은 점은 스스로를 칭찬할 수 있는 여유가 생긴다는 것과, 자신을 돌볼 줄 알게 된다는 것이다.

마음이 늙으면 자신을 돌볼 여유가 없다. 자신을 볼 여유가 없어서 스스로가 어떻게 변해가는지 모른다. 결국 한참이 지나 흰머리가 희끗희끗한 자신을 거울에서 우연히 보게 된다면, 너무나도 가슴이 아프고 지난날이 후회스러울 것이다. 그래서 중요한 것은 유연한 생각과 자신을 돌볼 줄 아는 유연한 생각을 가져야 한다는 것이다.

이를 위한 가장 좋은 것은, 바로 셀프 칭찬이다. 나에게 스스로 "넌 오늘 정말 멋져!", "오늘 너의 훈련은 너만이 할 수 있었던 거야. 너무 잘했어!" 이렇게 칭찬을 해보자. 처음에는 굉장히 부끄럽고 어색하겠지만, 소리 내어 이렇게 말하다 보면 자신의 몸과 마음이 반응을 한다. 스스로가 정말 더 멋져 보이고, 자신이 하는 일에 가속도와 힘이 더욱 붙게 되는 놀라운 경험들을 하게 될 것이다. 남이 하는 칭찬 말고 자신이 스스로에게 진심으로 하는 칭찬이야말로 놀라운 일들을 만들어 가는 과정이다. 나를 믿고 나 스스로를 응원한다는 것은 그렇게 쉬운 것만은 아니다.

내 경험을 이야기하자면, 인생이 암울했던 시기의 내 삶은 군대에 입대하는 날과 같은 기분이었고, 내 의지와는 상관없는 나날들이 이어지고 있었다. 나에게 칭찬은 고사하고 스스로를 깎아내리거나 자기 비하를 하지 않으면 다행이었다. 가족, 부모님의 울타리가 없다는 것은 상당한 핸디캡이 아닐 수 없다. 물적 심적 지원은 당연하게 없다. 하지만 어머니가 물려주신 긍지는 마음속에서 충분하진 않지만 약간의 따스한 햇살과 조금의 영양분으로도 잘 자라고 있었다. 그 긍지 덕분에 사회라는 야생에서 사라지지 않고 살아남을 수 있었고, 스스로 살아남을 수 있는 방법들을 터득하면서 좀처럼 살기 어려운 곳에서 살아가기 시작했다.

셀프 칭찬이 중요한 이유, 자존감

그렇게 살아남을 수 있었던 방법의 하나는 바로 셀프 칭찬이었다. 처음에는 자기 비하와 자신에 대한 증오가 넘쳐났었다. '태어나지 않았더라면.', '네가 대체할 줄 아는 게 뭐야? 이런 것도 못 해?' 매일이 나에 대한 비하였고, 증오였다. 누군가를 탓할 수 있으면 좋았건만 탓할 사람도 없어서 스스로를 탓하고 책임을 묻는 것이 전부였다. 책임을 묻고 자신을 탓하다 보니 거울 속 나를 봐도 당연히 이뻐 보일 리가 없었다. 머릿속엔 온통 '이 녀석 죽어버렸으면 좋겠다'라는 생각이 넘쳐났다. '뭐 이따구로 생겨먹었냐?' 하는 생각도 했다. 그야말로 매일이 웃어넘기지 못할 아슬아슬한 줄타기의 연속이었다.

그럼에도 사람은 살아가고 어떻게든 버텨내 보려 무언가에 몰두할 것을 찾기 시작한다. 그러면서 찾은 것이 달리기였다. 달리기를 통해 얻는 성취감과 높은 자존감으로 내가 나를 보는 시각은 점차 스릴러 호러물 영화에서 로맨틱 코미디 영화로 바뀌어 갔다. 처음 100km 울트라 마라톤을 완주한 날은 나에게 얼마나 빠졌는지 2박 3일 동안 말을 해도 모자랄 정도로 내가 좋았다. 일단 성공을 한 내가 너무 멋있었고 그 엄청난 시간을 버티며 달린 스스로가 대견하고 눈물이 핑 돌 정도로 애잔했다. 하지만 완주를 해낸 순간의 나는 헤라클레스처럼 강인하고 정말 멋있었다. 멋있었다. 진심으로 멋있었다. 자존감이 높아졌기에 나올 수 있는 정말 자신 있는 칭찬이라고 말하고 싶다.

셀프 칭찬, 그리고 셀프 응원을 하며 달리기를 시작하고 나의 삶은 긍정으로 바뀌게 되었다. 어둠과 절망이 그득한 그 동굴 속에서 한 줄기 빛이 내려와 내게 왔고, 나는 그 빛을 따라 지금도 달리고 있으며 이제 그 빛은 점점 더 나를 많이 비추고 있다. 그리고 처음에는 좀 과하게 시작한 셀프 칭찬은 이제 단 몇 마디로도 스스로에게 충분한 위로와 힘이 된다.

"오늘 정말 수고했어."

누군가가 아닌 내가 나 스스로에게 따뜻하게 수고했다고 한마디를 남긴다는 게 웃기게 들릴 수도 있다. 하지만 그 작은 것에서부터 오는 변화는 나를 자존감이 높은, 엄청난 사람으로 만들어 줄 수 있다. 사회적으로 대단한 사람이 아니어도 매일의 작은 삶에서, 하루하루 버텨내는 전쟁 같은 삶에서 이겨낼 수 있게, 견디어 낼 수 있게 해주는, 그리고 나를 정말 멋진 사람으로 만들어 주는 그야말로 최고의 묘약이라고 자신 있게 말할 수 있다.

그러니까, 오늘 문밖을 나서기 전 거울을 보며 또는 집에 들어
온 후 거울을 보며 이렇게 스스로에게 이야기해 주자.

"넌 정말 대단한 사람이야. 오늘 하루도 수고했어."
"오늘따라 정말 멋지다! 힘들었던 순간도 버텨냈던 너, 진짜 멋
있더라."
"와, 정말 수고 했다. 잘 해냈다. 치킨이 널 기다린다. 가자!"
"오늘 진짜 더웠고 힘들었는데 대단하다 너, 시원한 맥주 한잔
하러 가자!"
"○○아, 오늘 넌 누구보다 가치 있게 살았어. 오늘을 잘 기억
해. 그만큼 넌 대단한 사람이야."

이제 우리는 그동안 연습해 왔던 걷기와 달리기에서 쌓은 체력으로 5km 달리기에 도전할 것이다. 우리는 선수가 아니기에 빨리 달릴 필요도, 정말 멋진 자세와도 거리가 멀지만, 사람은 기본적으로 더 빨리, 더 멀리, 더 멋지게 달리고 싶은 욕망이 있다는 것을 아주 잘 알고 있다. 그래서 내가 하고 싶은 대로 달려보는 것이 가장 중요하다.

하지만 이것 한 가지만 생각하고 달리자. '부상'은 달리기를 하는 사람이라면 정말 조심해야 한다. 달리기를 할 때만 오는 것이 아닌 게 바로 부상이다. 계단을 오를 때나, 걷기를 하다 발목이 꺾이거나, 축구를 하다 햄스트링(hamstring) 이 경직되거나,

허벅지 뒤쪽 근육.

언제나 달리기 부상과 연관될 수 있다.

일단 달리지 못하면 러너에게 엄청난 우울을 안겨줄 수 있다. 그러므로 건강하게 잘 달리기 위해 달리기 시작 전에는 웜업을 필수로 해주어야 한다. 가능하다면 드릴 세트로 묶어서 하는 것이 가장 효과적이다. 유튜브에도 이미 너무나도 많은 드릴 동작이 나와있기 때문에 자세나 동작은 보면서 해보길 추천한다.

대표적인 드릴 동작으로는 A-skip, B-skip, Straight leg, Butt kick, Short pitch, Long pitch 등이 있다. 이 동작들을 웜업으로 하게 된다면 달리기 근육을 좀 더 잘 사용할 수 있게 히팅(heating)시킬 수 있다.

그럼 이제 내가 원하는 스피드와 자세로 5km를 달려보자. 5km라는 거리는 달리기를 하지 않는 사람이 볼 때 정말 먼 거리이다. 걷기로 치자면 조금은 빠른 걸음으로 걸어야 1시간에 5km를 걸을 수 있다. 하지만 러너라면, 충분히 욕심도 내볼 수 있는 거리라고 생각한다. 그리고 거리를 넘고 싶은 도전을 갈구하는 러너라면 반드시 거쳐 가야 하는 거리 중 하나기에 5km는 반드시 넘어서 보자.

각 동작은 079쪽에 설명을 달았다.

러너라면 느끼겠지만, 처음 3km를 달려낼 때까지 엄청난 고민이 생긴다. '이걸 멈춰? 말아?' 하지만 그 마의 3km 구간을 넘어선다면 몸이 적응을 시작해서 좀 더 편안한 레이스를 운영할 수 있다. 마의 3km 구간을 겪지 않으려면 가장 좋은 방법은 웜업시에 드릴 동작과 약 1.5~2km를 조깅으로 웜업 해 주는 것이다. 몸을 히팅 시키는 것과 시키지 않는 것의 차이에 따라 부상을 당할 확률이 올라가거나, 줄어든다. 그렇기에 마의 3km 구간을 잘 넘기기와 부상을 줄이기 위해서는 웜업을 꼭 해주는 것이 좋다.

한참을 달리다가 '이제 4km 정도 되었겠지?' 하는 예감에 스포츠 워치나 핸드폰을 보면, 거리는 2km 정도 되었고 그걸 보는 마음은 상당히 불편해지므로 기록 화면은 자주 보지 않는 것을 추천한다. 그리고 페이스 는 사람마다 다 다르겠지만 호흡을 하면서도 약간은 편안하게 말할 수 있을 정도의 속도로 달리는 것이 제일 좋다. 기록은 나중 일이다. 좋은 스피드를 몸이 제대로 기억을 하고 또 연차가 쌓이며 여러 대회에서 완주를 하게 된다면, 괜찮은 기록으로 달릴 기회가 분명히 있을 것이다. 그 때를 위해서 열심히 갈고 닦는다고 생각하자.

달리는 속도에 대한 페이스를 이야기한다. 페이스를 뛰는 거리에 대입해 계산함으로써 자신이 피니시 할 때의 시간을 알 수 있다. 예를 들어 6′00″는 1km당 6분으로 달리기를 지속했다는 뜻이다. 그러므로 페이스가 6′00″인 사람이 10km 마라톤을 뛰었다면 피니시 할 때의 시간을 60분으로 계산할 수 있다.

편안하게 달린다고 해서 달리기 실력이 늘지 않는 것은 절대 아니다. 스스로 쌓아올린 한 번, 한 번의 그 모든 달리기는 허투루 달리는 것이 아니다. 분명 심폐지구력이든, 다리 근육이든, 심혈관계의 증진이던 반드시 도움이 된다. 그러니 급하게 생각하지 말고 나만의 레이스를 펼치는 것이 관건이다. 나만의 레이스를 펼치다 보면 나의 페이스가 만들어진다. 그러니 페이스에 대해서도 크게 스트레스를 받지 말자.

무엇보다 가장 중요한 것은 나를 응원하면서 하나씩 하나씩 달리기에 좋은 경험을 심어주어야 한다는 것이다. 그런 좋은 경험들이 쌓이면 나중에 힘든 구간들이 왔을 때 좀 더 즐길 수 있게 된다. 반면 너무나도 힘들게 모든 것을 쥐어 짜내면서 달리게 된다면 그 달리기는 좋은 경험이 아니게 되고 점점 고통스러운 달리기로 바뀌게 된다. 그렇기에 5km를 무사히 완주하려면 긍정의 기운으로 좋은 경험을 심어주며 달려야 한다. 그렇게 쌓인 좋은 경험의 달리기는 인생이라는 마라톤의 무대에서도 좋은 기록을 낼 수 있게 도와줄 수 있기 때문에 우리는 질 좋은 달리기를 경험하는 것을 목표로 하자.

5km를 달린 소감은? 오늘 당신의 5km는 어떤 기분이었는지 생각해 보면서 일기를 남겨 보자.

각 동작을 글로 간단하게 정리했다. 움직이는 동작이다 보니 영상을 찾아보는 것을 추천한다. 유튜브나 네이버 등에 검색하면 쉽게 드릴 동작을 영상으로 보고 익힐 수 있을 것이다.

- A-skip: 무릎을 위로 차올리면서 앞으로 나아가는 동작. 골반 정도 높이로 무릎을 들어 올려주고 앞으로 나아간다. 발목은 엉덩이에 가깝게 당겨준다. 팔은 자연스럽게 다리의 리듬에 맞춰서 앞뒤로 흔들어 준다. 모든 동작은 리드미컬하게 이루어져야 한다. 그리고 상체는 반드시 곧은 상태를 유지해야 한다.

- B-skip: A-skip 하이니(무릎을 올린 상태)에서 다리를 앞으로 쭉 뻗으며 앞으로 나아간다. 팔은 A-sikp과 마찬가지로 앞뒤로 흔들어준다. 상체는 곧은 상태를 유지한다. 리드미컬한 동작의 연속성이 중요하다.

- Straight Leg: 상체는 역시 곧은 상태로 유지하며, 팔도 역시 앞뒤로 리드미컬하게 흔들어준다. 다리는 무릎을 굽히지 않고 곧게 편 상태로 평소 걸을 때의 보폭 정도로 유지한다. 그리고 다리를 앞으로 튕겨 주듯이 한 쪽씩 번갈아 가며 나아간다. 모든 동작은 리드미컬하게 이루어져야 한다.

- Butt kick: 상체를 곧게 세우고 팔 동작은 역시 달리기를 하는 동작과 마찬가지로 움직여 준다. A-skip을 한 동작에서 무릎을 들면서 다리를 뒤로 보내고 엉덩이를 차주는 느낌으로 진행한다. 역시나 리드미컬은 필수다.

- Short Pitch: 제자리에서 달리는 동작이지만 상체를 세우고 살짝 앞으로 기울인 상태에서 무릎은 평소 달리기에서 절반 정도만 들어준다. 그리고 제자리 달리기를 실시하면 된다. 약 15초간 진행한다.

- Long Pitch: 제자리에서 달리는 동작이고 숏 피치보다 동작이 더 크게 이루어진다. 상체는 곧은 상태에서 약간 앞으로 기울인 상태를 유지한다. 제자리에서 달릴 시 몸의 방향이 뒤쪽으로 움직이지 않도록 한다. 약 15초간 진행한다.

달리기를 시작하고 어느 정도 실력이 올라오다 보면 착각을 하게 되는 경우가 태반이다. 필자도 그래왔고 누구나 그러는 구간이 바로 '내가 제일 잘 나가' 구간이다.

달리기를 하고 대략 하프를 달릴 수 있게 되면 5km나 10km를 달리는 달리미들은 실력과 상관없이 하수로 보이게 된다. 왜냐하면 스스로는 엄청난 경험을 하며 이겨왔으니까, 다른 사람들과 함께 많이 달려보지 않은 사람에게서 더욱 잘 나타나는 현상이다. 그럼 이제 어떤 방법으로 그런 구간에 빠지지 않을 수 있는지 알아보자.

내가 제일 잘 나간다는 착각

앞서 말했듯이 실력이 조금씩 올라오고 남들보다 조금 더 잘 뛰

게 되면 자만심이 찾아오게 된다. 처음 가졌던 겸손의 마음가짐
은 어느새 자만으로 바뀌게 된다. 혼자 달리다 보면 특히 더 잘
찾아오게 된다. 나의 속도로 내가 원하는 대로 달려왔기 때문
이다.

하지만 그 착각은 대회에 한 번 나가보면 금세 깨진다. 날고 긴
다는 사람들이 전국각지에서 모여 자신만의 기록을 깨기 위해,
완주를 위해, 입상을 위해 다들 구슬땀을 흘리며 연습한 결과를
마라톤 대회에서 펼쳐내기 때문이다. 만만하게 보았던 흰머리
의 백발 할아버지가 단숨에 앞서서 나가 다시는 따라잡지 못하
게 되는 순간들을 느끼면 크게 부풀었던 자만심은 금세 겸손함
으로 바뀌게 된다.

승부 앞에서는 자만심보단 겸손함이 좋다. 침착함을 유지하기
에도 편하고 내가 원하는 방식으로 레이스를 펼칠 확률이 더 높
기 때문이다. 침착하면 현재 상황을 잘 파악할 수 있다. 내가 어
떤 위치에서 어떻게 달려야 하는지 어느 속도로 어떻게 유지하
며 피니시를 하는지 등 파악을 하며 지금까지 훈련해 온 방식을
사용하며 달릴 수 있다. 하지만 자만하면 지금까지 힘들게 훈련
해 온 나를 믿는 것이 아닌, 스스로 대단하다 생각하기에 돌발
상황에 대처하기도 어렵고, 위치는커녕 바보 같은 오버 페이스
로 레이스를 말아먹고 말 것이다.

벼는 익을수록 고개를 숙인다는 말이 있다. 벼가 익어가는 순간을 나이에, 고개를 숙인다는 것을 겸손함에 빗대어 표현한 아주 좋은 예이다. 고수일수록 더욱 겸손한 자세를 가지는 것이 좋은 레이스를 하기 위한 방법이라고 생각한다. 그리고 좋은 레이스는 바로 겸손함에서 나오는 것이 아닐까 생각해 본다.

너와 나의 얼굴이 다르듯 각자의 달리기도 다르다

사람은 모두 다른 생김을 가지고 있고 각자만의 생활방식, 생활 패턴, 자신만의 자세를 가지고 있다. 이것은 달리기에도 적용되므로 모든 사람이 전부 다른 자세를 가지고 있다. 그리고 잘 달리는 사람도 비슷한 폼을 가지고 있지만 뜯어보면 모두 다르다.

이렇듯 사람은 자신에게 맞는 페이스가 있고 자세가 있다. 그 자세와 페이스로 연습을 하면서 점점 자신이 원하는 방향으로 끌어올리는 것이 좋은 달리기를 하기 위한 방법에 가깝다. 나만이 가진 특성을 살리고 그것을 무기로 삼으려면 나를 잘 알아야 한다. 내가 어떻게 달리고 있는지 어떨 때 힘이 나는지, 어떨 때 임계점에 가까워지는지. 이런 부분들을 알려면 스스로의 달리기에 더 집중하며 나를 연구해야 한다.

그리고 선수들이 직접 뛰는 영상들을 계속해서 찾아보며 선수의 자세에서 배울 점이 무엇인지 나에게 대입해 보고 흉내 내 보는 것이 좋다. 정말 좋은 것은 제일 좋아하는 선수의 영상을 반복해서 보며 닮고 싶다고 생각하고 매일 이미지 트레이닝으로 훈련하고 실제 트레이닝에 적용시켜 내 것으로 만드는 것이다.

약간 벗어난 이야기지만 한참 수영을 할 때이다. '마이클 펠프스'라는 미국의 수영 선수가 있었다. 펠프스는 베이징 올림픽에서 8관왕을 한 수영계의 레전드이다. 나는 이 펠프스가 너무 좋아서, 너무 멋있어서 잠들 때도 펠프스처럼 수영하는 꿈을 꾸고 펠프스가 훈련하는 영상을 매일 보며 머릿속에 그 자세를 저장했다. 그리고 수영 훈련 때 똑같지는 않지만 비슷하게 해 보려고, 조금이라도 닮아 보려고 수없이 노력했다. 그렇게 수영을 하다 보니 수영으로 돈을 벌 수 있게 되고 누군가를 가르칠 수 있는 수준이 되었다. 물론 대회에서도 좋은 성적을 거둔 것은 덤이다.

이렇듯 이미지 트레이닝과 닮고 싶다는 생각의 힘은 매우 뛰어나다. 많은 영상을 보면서 머릿속에 그 모습을 익히고, 영상을 보지 않고도 머릿속에서 재생할 수 있을 때까지 본다. 그렇게 보다 보면 머릿속에서 떠올릴 수 있게 되며 무의식에서도 각인이 된다. 그렇게 되면 몸이 자동으로 내가 본 것을 비슷하게 하려고 움직이게 된다. 말 그대로 질 좋은 훈련이 되는 것이다. 한 번 한 번의 질 좋은 연습과 훈련은 나의 실력 향상에 무척이나 도움이 되기 때문에, 나의 달리기를 만들고 내 것을 더 키우고 싶은 달림이라면 꼭 추천하는 방법이다.

운동을 접하다 보면 반드시 겪는 순간이 온다. 바로 '부상'이다. 특히 달리기는 정말 쉬운 것 같지만 부상에 아주 취약한 운동 중 하나다. 마라톤을 하면 다리에 부상이 제일 많이 오게 되는데 그건 자신의 체중의 3배 정도 되는 무게를 하체가 버티며 나아가기 때문이다.

한번 부상을 입게 되면 기본 1~3개월은 쉬어야 할 정도로 부상의 정도도 심하며, 부상의 종류도 다양하다. 그리고 부상 중 가장 큰 것은, 마음이 다친다. 부상은 항상 몸이 잘 만들어져 있고 실력이 좋아질 때 발현한다. 그래서 부상은 마음이 아프다. 정말 잔인하고 애틋하다.

멈추는 용기도 필요하다

한창 몸이 좋았을 때다. 한 달에 300km 정도 마일리지를 가져가고 있었고, 일주일에 서너 번 정도 하프를 달렸다. 달리기가 너무 좋았다. 달릴 때 온몸이 젖는 땀과, 무언가 이겨내는 기분들. 그리고 내가 원하는 거리를 달리고 난 후 오는 성취감은 나를 달리기에 미치게 만들었다.

그야말로 무아지경이었다. 제대로 달리기 시작한 지 1년 차였다. 당연히 몸은 이런 부하를 견딜 리 없었다. 매년 쌓아 온 내성 있는 부하도 아니었고, 순식간에 생긴 달리기 부하였다. 그리고 그 결과는 곧 내게 돌아왔다.

처음으로 풀을 뛰어보고자 러닝 베스트도 메고, 에너지 젤도 챙기고 만발의 준비를 하고 달리기 시작했다. 그리고 정확히 3km 지점에서 발바닥 바깥쪽에서 통증이 느껴졌다. 달리기를 그 자리에서 멈추었다. 다시 달려보려 했지만 더 이상 달릴 수 없었다. 지금 참고 달리면 앞으로 평생 달릴 수 없겠다는 직감이 들었다. 그리고 용기 있게 멈췄다. 집까지 가는 길이 서글프고 서운했다. 절뚝이며 돌아가는 내가 처량했다.

왜 이런 부상이 왔을까. 믿기지 않았고 화도 나고 서글펐다. 지금 와서 생각해 보면 한 가지는 잘했다. 바로 통증이 시작하자마자 멈췄다는 것. 그 상태로 더 달리지 않았다는 것이다. 만약 더 달렸다면, 지금까지도 이렇게 달릴 수 있을까?

그렇게 여러 부상들을 겪으며, 힘줄염, 족저근막염, 신스프린트, 비복근파열 등 짧다면 짧게 길다면 길게 부상과 심심찮은 줄다리기를 하며 눈치를 보며 달리고 있다. 이렇게 달리미는 부상과 언제든지 직결되어 있으므로 반드시 부상이 올 것 같은 느낌이 들거나 왔다면, 더 무리하지 말고 경기를 중단하는 것이 현명한 판단이다.

영화 슬램덩크에서 부상을 입은 강백호가 영광의 순간은 지금 이라고 말하는 것은 만화기에 가능한 이야기다. 부상을 느낀 후 중단을 늦추는 시간만큼 회복하는 시간이 늘어난다고 생각하면 된다. 회복하는 기간이 길어지게 되면 초조하게 된다. 그리고 매우 고통스럽다. SNS 속, 또는 크루 회원들이 잘 뛰고 있는 모습들을 보며 우울감을 포함해 별의별 감정을 다 느끼게 된다. 그때의 모습을 생각하면 참 애틋하다. 그래서 부상은 정말 잔인하고 애틋하다.

에너지 젤(바디 젤)

몸에 저장하는 에너지의 총량에는 한계가 있다. 그래서 마라톤처럼 지속해서 오랜 시간 몸을 움직이는 운동을 하게 되면 몸에 저장된 에너지가 고갈된다. 그렇기에 손쉽게 에너지를 채워 넣을 수 있게 고안된 보충제가 바로 에너지 젤이다. 순식간에 에너지가 차오르는 느낌을 받고 실제로도 에너지가 보충된다. 탄수화물과 당이 주성분이다.

일반 마라톤에서는 그다지 비중이 크지 않지만 울트라 마라톤과 트레일 러닝에서는 필수로 먹어줘야 한다. 에너지 젤을 먹는 타이밍은 체력이 떨어지기 전이다. 체력이 다 바닥나고서 채워 넣기 시작하면 이미 탈진이 진행된 상태라서 다시 살아나기가 매우 힘들다. 그렇기에 에너지가 고갈되기 전 그 상태를 잘 체크하여 꾸준히 섭취해 줘야 한다. 보통 8~10km마다 에너지 젤을 섭취하는 식이다.

회복도 연구 대상

부상 이후 가장 먼저 할 일은 병원 치료이다. 그리고 또 중요한 것은 식단이다. 뼈가 다쳤을 때는 회복 기간도 오래 걸리고 움직이지 않고 열심히 재활해야 한다. 하지만 근육이 다쳤을 때는 식단이 정말 중요하다.

KUMF˚에서 주관하는 12/24시간주 대회가 2주 남았을 때였다. 비복근이 파열되어 정말 우울한 시간을 보내고 있었다. 그렇지만 처음 참가하는 이 시간주 대회는 꼭 참여하고 싶었고, 그래서 연구했다.

스포츠 영양 트레이너 자격증 과정을 공부하며 얻은 지식을 총동원하여, 식단을 구성했다. 일단 무조건 1차 식품˚으로 먹어

˚ 대한 울트라 마라톤 연맹(Korea Ultra Marathon Federation)의 약자로, 울트라 마라톤에 관한 경기를 주관하고 진행시키는 단체이다. 2000년부터 조직되어 현재까지 이어지고 있다. 각 지역별로 지맹이 있으며 울트라 마라톤 경험이 있거나 연맹 회원의 추천이 있으면 가입할 수 있다.

야 했으며, 보디빌더들이 근육을 더 비대하게 만들 때 먹는 벌크 업 식단으로 하루 4~5끼 정도를 먹었다. 단백질을 250g 정도 먹었고 5끼 중 2끼는 탄수화물도 적당하게 먹었다. 그리고 아몬드로 부족한 지방을 채워 넣었다. 하체를 다쳤지만, 매일 근육을 활성화시키기 위해 상체운동을 정말 많이 했다.

그렇게 2주가 훌쩍 지나고 12/24 시간주 대회가 시작되었다. 결과는 어떻게 되었을까?
참고로 12/24 시간주 대회는 12/24 시간 동안 누가 더 많은 거리를 뛰는가를 대결하는 울트라 마라톤 시간주 대회로 나는 12시간주로 신청하여 달렸다.

65km까지 1등을 유지했고, 기존에 가지고 있던 50km 기록도 새로 경신했다. 그 정도로 컨디션이 좋았으나 결국 70km에서 비복근에 경련이 오며 근육이 올라왔다. 그래서 80km 완주로 마무리했다. 이 대회와 비복근 부상을 통해 근육 부상은 어느 정도 빠르게 회복하는 법을 알게 되어 큰 수확을 얻은 순간이었다. 회복할 수 있는 시간이 조금 더 있었다면 어땠을까.

무엇보다 가장 중요한 것은 부상을 당하지 않는 것이 제일 좋다. 그럼 부상을 당하지 않으려면 어떻게 해야 하는가?

여기서는 입으로 씹어 넘겨서 장기가 소화할 수 있도록 먹는 식품을 뜻한다.

무엇이든지 '적당히'가 제일 좋다. 적당히 뛰고 적당한 속도를 가지고 적당한 거리를 뛴다. 피곤하다면 적당한 휴식을 취하고 다시 적당히 몸이 올라왔을 때 훈련을 시작하면 된다. 연차가 쌓여 갈수록 부하에 대한 내성이 생기기에 길게 보고 훈련을 하고 실력을 쌓아가면 다칠 일이 거의 없다. 무엇보다 욕심을 내려놓는 마음가짐이 제일 중요하다. 정말 쉽지 않은 것이지만, 욕심을 내려놓으면 다칠 일이 많이 줄어든다.

우리의 즐거운 러닝 라이프를 위해, 잔인하고 애틋한 부상을 피하기 위해, 우리 이제 적당하게 자신에 맞게 달려 나가 보자.

달리기는 그저 운동화와 옷만 있으면 된다는 이야기도 다 옛날 이야기가 되었다. 옛날이야 운동화 기술이 그렇게 발달하지 않아서 거기서 거기인 신발들이 태반이었지만, 지금은 새로운 소재들도 많이 발전하고 경량 갑피 설계 등 신발의 무게를 초경량으로 만드는 최신 기술이 들어간 러닝화가 잔뜩 쏟아져 나오고 있다. 달리기를 접하는 사람이라면 가격을 보고 눈이 휘둥그레질 것이다. 고가의 러닝화는 20만 원에서 30만 원가량 하며 신고서 달려 보면 확실히 다르다는 것을 체감할 수 있다. 그렇게 몸소 느끼는 것이 바로 현질의 힘이 아닐까 생각해 본다.

장비발의 도움을 받자

처음에는 '장인은 도구를 탓하지 않는다'라는 쓸데없는 아집을 부리며 39,000원짜리 신발을 신고서 달렸다. 이상한 똥고집이 있어서 "5만 원이 넘어가는 러닝화는 돈 낭비일 뿐이야!"라며 저렴한 러닝화를 고수했다. 장인도 아닌 주제에 도구를 탓하지 않겠다며 저렴함만을 고집하는 모습이, 주변에서 보기에는 얼마나 황당하고 웃겼을까. 그렇게 39,000원짜리 러닝화를 신고 얼마나 달렸는지도 모른 채 한참을 장거리 달리기에 빠지고 있었다.

풀코스 마라톤을 도전하는 그날 신발은 이미 쿠셔닝이 없어서 유명을 달리했고 그 쿠셔닝도 없는 신발을 신고서 온갖 부하를 다리가 다 받으니 당연히 부상이 올 수밖에 없었다. 하지만 그때는 몰랐다. 그리고 나의 실력을 잔뜩 탓하며 '두고 보자, 다음 번엔 반드시 해내고 말 테다!'라며 대상도 없는데 도전의 멘트를 토해내며 억울하게 집으로 절뚝이며 돌아갔다.

집에 돌아와서 화가 가라앉고 왜 다쳤는지에 대해 생각을 하고 나의 달리기에 대해 복기를 하기 시작했다. 그리고 나온 결론은, 신발이었다. 그렇게 나는 처음으로 고집을 꺾고 17만 원짜리 러닝화를 구매했다. 그 러닝화를 신고서 50km 울트라 마라톤도 달리게 되었고 나는 그때 느꼈다. '돈이 참 좋다. 그리고 모르면 공부하자 고집부리지 말고.'

그렇게 러닝화의 새로운 기술력을 체감하며 여러 브랜드의 신발을 신어보기 시작했다. 그리고 지금은 제일 애정하는 브랜드가 생겼다. 나에게 맞기도 잘 맞으며 색깔도 어쩜 그리 이쁜지, 보는 족족 전부 다 사고 싶게 생겼다. 요새는 러닝과 트레일 러닝 시장이 점점 더 커지고 있어서 정말 더욱 다양한 브랜드의 신발들과 너무나도 좋은 기술력의 신발들이 나오고 있다. 어떤 한 종류의 신발들은 가격은 어마어마하지만 사이즈가 없어서 못 구할 정도니, 정말 많은 사람들이 달리기를 정말 사랑하고 있고 많이 즐기고 있다는 생각이 든다.

러닝화는 평균적으로 300km를 달리면 바꿔 준다고들 하는데, 이 이야기는 선수들 이야기일 것 같다. 일반인이 300km 신고 새 신발로 사게 되면 통장이 금세 텅장으로 바뀔 것이다.

현재 내 러닝화들은 나와 함께 500~600km 정도 함께 뛰어 주었고, 아직 신을 수 있으면 계속 신고 싶다. 그리고 달리기를 하시는 분들이 대체로 500km 정도까지는 신고 달리는 걸 보면 그때까지는 쿠셔닝도 유지가 되고 제 기능을 하는 것 같다. 하지만 본인이 느꼈을 때 쿠션도 없고 못 신을 것 같다고 느끼면 과감히 버리는 것도 부상을 예방하는 좋은 방법이다. 좋은 결단을 내릴 수 있길 바란다.

10km를
달려보자

10km를 달려 볼 생각을 한 적이 있을까? 달리기 전에는 정말 아주 먼 거리라고 생각을 했다. 처음 마라톤 대회를 나갈 때 10km를 신청해서 나간 적이 있었다. 안산에서 열린 희망 마라톤이라는 대회였는데, 이른 아침에도 불구하고 정말 많은 인원의 사람들이 모인 걸 보았다. 그리고 그 많은 사람들 속에 껴서 있자니, 두근대는 마음을 멈출 수가 없었다. 너무 떨려서 잘 뛸 수 있을까 걱정이 앞섰다.

다행히 친구와 함께 10km를 달릴 수 있어서 두려움보단 즐거움을 더 많이 느꼈다. 친구와 이런저런 이야기를 하다 보니 어느새 출발을 위해 집결하라는 진행자의 목소리가 들렸고, 출발선에 자리를 잡았다. 심장이 머리에서 뛰는 듯 머리가 어질어질하고 가슴은 미친 듯이 쿵쾅거렸다.

"탕!" 그렇게 출발의 총성이 울리고 많은 함성과 함께 레이스를 시작했다. 마라톤에 출전하지 않는 시민들도 길거리로 나와서 함께 응원하고 함성을 질러주니, 선수는 아니지만 선수가 된 듯한 느낌이었다. 그렇게 초보 달림이라면 당연히 할 수밖에 없는, 오버 페이스를 하게 되었다. 그리고 1km를 지나자 얼굴이 아주 잘 익은 새빨간 사과처럼 변했고, 호흡은 이미 거칠어질 대로 거칠어졌다. 눈은 초점이 점점 없어지고 겨우 1km를 왔는데 벌써 사점에 도달한 듯 죽을 것만 같았다. 아마 달리다가 쓰러진다면 이런 느낌이려나?

혼자였다면 분명 레이스를 포기했을 테지만, 열심히 잘 달리는 친구의 모습을 보면서 스멀스멀 전의가 다시 불타오른다. 그렇게 '나랑 같이 술도 마시고, 운동도 비슷하게 했는데 왜 저 친구는 멀쩡한가?' 이런 생각을 하며 집중을 하기 시작했다. 처음에는 친구의 모습에 동기부여를 받아서 생각을 하게 되고, 점차적으로 나의 레이스에 집중을 하기 시작했다. 주변 사람들의 속도나 환호 소리에 말려들지 않고 나만의 페이스를 찾기 시작한 것이다.

그렇게 달려오며 5km 지점에서 물과 이온 음료를 들이부었다. 너무 맛있었다. 이제 남은 5km를 생각하며 다시 마음을 다잡고 달리기 시작한다. 몸이 적응을 하고 근육들이 제 움직임을 찾아서 열심히 움직이기 시작한다. 심장은 가열되어 더욱 힘차게 연료를 공급해 주고 폐는 빠르게 공기를 순환해 준다.

그리고 정말 기쁜 마음으로 피니시 라인을 통과할 때의 그 짜릿함. 뛰어보지 않은 사람은 모른다. 정말 모른다. 힘든 기억도 잠시일 뿐, 기억은 미화되고 지난 레이스는 추억이 된다.

10km를 무사히 잘 달리려면, 페이스 조절이 필요하다. 모든 운동이 마찬가지지만 마라톤은 정직하다. 몸이 기억하고 있는 그대로가 레이스에서 나온다. 그러니 초보 달림이라면, 나의 페이스를 알아야 한다. 오버 페이스를 하게 되면 경기를 망치거나, DNF *를 하게 된다. 그렇게 되면 다음 마라톤은 힘들고 싫은 기억이 될 확률이 높다. 그렇기에 완주를 목표로 몸을 만들며 좋은 기억을 심어주는 것이 가장 중요하다.

앞서 이야기했지만 10km는 1km당 6분의 속도로 뛰었을 때 1시간을 뛰어서 가야 하는 거리기 때문에 꽤 긴 시간이다. 그 긴 시간을 몸이 버텨내고 이겨내려면 내 몸에 맞는 좋은 페이스를 찾아서 달려야 한다. 호흡이 뒤집어지지 않을 정도의 페이스, 약간의 대화도 가능하고 호흡이 안정적으로 나올 수 있는

---

* 'Did Not Finish'의 약자이다. 주로 마라톤이나 철인에서 사용되는 용어다. 목표한 거리를 완주하지 못했을 때 쓰기 때문에 DNF라고 하면 왠지 모르게 서글픈 느낌이 든다. 만약 DNF를 했다고 해도 먼저 열심히 한 자신을 축하해 주자. 그리고 다음을 기약하면 된다.

페이스를 찾아서 달려야 한다. 그래서 평소에 자신의 페이스를 찾아 놓는 것이 좋다.

처음 10km를 도전하기 전에 주의 사항이 있다. 준비운동을 꼭 해야 한다. 처음 대회를 나가거나 무언가 목표를 가지고 도전하게 되면 오버 페이스를 하기 마련인데, 부상은 항상 준비되지 않은 상태에서 무리를 할 때 발현되기 쉽다. 그래서 간단한 러닝 드릴 동작 2세트와 웜업으로 2km 정도를 아주 가볍게 느린 조깅으로 뛰어주고 몸에 열을 가해주자. 그렇게 한다면 더 좋은 몸 상태와 더불어 기록도 좋아질 수 있다.

러닝 드릴 & 웜업

아래와 같은 순서로 2세트 실시한다. 각 동작이 아직 익숙치 않다면 77~78쪽을 참고해서 익히자.

A-skip → B-skip → Straight leg → Butt kick → Short pitch → Long pitch

드릴 세트를 마친 후에는 아주 편안한 속도로 1.5km~ 2km 정도 조깅하며 몸이 더 오래, 더 멀리 달릴 수 있게 준비한다.

이제 우리도 10km를 달릴 수 있는 달림이가 되었다. 마라톤 대회에도 참가할 수 있을 정도의 실력이 된 것을 정말 축하해 주자. 무엇보다 자신의 달리기를 믿고, 10km를 달린 자신에게 깊은 감사와 축하를 보내주자.

아침에 달리기를 하다 보면 하루를 일찍 열었다는 자신감과 함께 매우 기분 좋은 하루를 시작할 수 있다. 아침 달리기는 저녁 달리기와는 사뭇 다르게 무언가를 '시작'한다는 것에 초점이 맞춰져 있다.

하지만 가끔 찾아오는 복병이 있다. 바로 화장실이다. 전날 음주를 했거나, 혹은 식사를 많이 했다면 다음 날 아침 달리기를 할 땐 화장실을 꼭 들르는 것이 필수다. 왜냐하면 급한 장 틀러블로 인해 '큰 것'이 마렵기 때문이다. 물론 위에 상황들이 아니어도 아침에는 화장실을 한번 들렀다가 밖으로 나오는 게 좋다. 상쾌함도 남다르고 불쾌함도 없기 때문이다.

한 번은 전날 과한 음주를 즐기고 아침에 제시간에 일어나지 못

했는데도 부랴부랴 달리러 나간 적이 있다. '아침에 달리기로 했었잖아.'라는 마음의 소리가 떠오르자마자 눈이 번쩍 떠져서 화장실을 생각할 겨를도 없이 밖으로 뛰쳐나왔다.

그렇게 달리기 시작하며 3km 정도 지났을까? 서늘한 아침 공기 탓인지 아니면 전날 먹은 음식과 술 덕분인지, 아랫배가 살살 아파왔다. 10km를 뛰려면 아직 7km나 남았는데 정말 생지옥이었다. 그 이후로 약 2km를 더 달리다가 바지에 실수를 할 것 같아서 급하게 멈춰 서고, 화장실을 찾기 시작했다. 눈에 불을 켜고 찾으니 겨우 찾았고 이제 무사히 화장실로 가기만 하면 되는데, 여기서부터가 진짜 지옥의 시작이다. 한 걸음 한 걸음 움직일 때마다 뱃속에서 펼쳐지는 대환장 파티. 폭죽이 여기저기서 터지고 마무리는 엄청난 굉음과 함께 나오는 아주 큰 폭죽일 거란 걸 미루어 짐작할 수 있다.

평소 달리기를 하지 않아서 엉덩이 근육이 활성화되어 있지 않았다면, 생각만 해도 끔찍하다. 폭죽이 새어 나오려는 것을 엉덩이 근육에 온 신경을 집중해서 끝끝내 참아내고 겨우겨우 도착한 공중화장실 문 앞. 이 작은 순간까지도 방심한다면 큰 곤란을 겪을 수 있다. 그래서 끝까지, 야구선수 요기 베라(Yogi Berra)의 말처럼 끝날 때까지 끝난 것이 아니다. 끝난 것으로 생각하면 언제든 터질 수 있는 것이 폭죽이기에, 끝까지 참아내야 한다. 그리고 변기에 앉았을 때의 그 쾌감. 하지만 그것도 잠시 달리기를 멈춘 것에 실망이 이만저만이 아니다. 그렇게 그날은 큰일을 보고 나서 다시 뛸 수 없는 달리기가 되었다.

식습관의 중요성

달리기를 하는 사람이라면 알 것이다. 아침에 볼 일을 잘 보고 나와서 달리는 것과 그렇지 않은 것에 차이를. 달리기 경력이 쌓이다 보면 장운동이 활발해져서 변비에도 좋은 효과를 볼 수 있다.

대회를 준비하다 보면 카보로딩(Carbo-Loading), 글리코겐 로딩(glycogen loading)이라는 말을 들을 수 있다. 쉽게 이야기하면 더 많은 에너지를 저장하도록 몸을 조정하는 것이다. 대체로 대회 2주 전 몸 안에 에너지를 고갈시키고 식사는 고갈된 것보다 적게 먹어서 모든 에너지를 최대한 고갈시킨다. 그리고 대회 1주일 전에 탄수화물을 충분히 섭취하여 고갈된 에너지를 플러스알파로 저장하는 방법이다. 하지만 이것은 충분히 훈련된 선수들에게만 통용되는 이야기이고, 일반 사람들이 이렇게 하는 것은 옳지 못하다. 효과도 없을뿐더러 갑자기 많거나 적어진 식사에 몸이 적응하지 못하여 소화기관에 다양한 안 좋은 반응이 나타나기 때문이다. 그럼 우리와 같은 일반적인 달리미들은 어떻게 하면 좋을까?

방법은 어렵지 않다. 꾸준한 훈련과 매일 비슷한 시간에 먹는 적당한 양의 식사를 유지하고 탄수화물, 단백질, 지방이 골고루 분배된 1차 식단으로 먹으면 된다. 1차 식단은 씹어서 소화시킬 수 있는 음식물 섭취를 이야기한다. 선수가 아닌 이상 대회 3일 전에 몰아서 탄수화물을 먹는 것이 아닌, 매일 양질의 식사를 적당히 정확하게 먹는 것이 훨씬 더 효과적이다.

달리기를 위해서 모든 것을 끊는 단호한 식단관리는 어렵고 과해서 따라하기도 힘들고 몸에 무리가 될 수도 있다. 술이나 몸에 안 좋은 정크푸드를 줄이고 좋은 양질의 식사를 하는 것만 지켜나가도 우리의 장은 점점 튼튼해질 것이다.

대회 전에는 무엇을 먹을까?

대회를 앞두고 먹는 음식은 개인의 선호에 따라 종류가 무궁무진하다. 개인적으로는 파스타를 무척 좋아하고, 또 잘 맞아서 많이 즐겨 먹는다. 파스타만 보면 눈이 돌아서 문제긴 하지만….

마라톤 대회에 참가하는 주변 분들에게 귀동냥을 하며 들은 양질의 정보도 있다. 통조림에 담긴 스위트 콘을 드시는 분도 있고, 죽을 드시는 분들도 있다. 그만큼 메뉴는 다양하다. 그러니 다양한 음식을 경험해 보고 자신에게 맞는 것을 찾는 것이 제일 좋겠다.

인터벌

인터벌은 고강도 트레이닝으로 매일 실시하지 않는다. 주 1회면 적당하다. 특히 질주와 조깅을 반복하기 때문에 질주시에 부상 입을 확률이 높으므로 충분히 몸에 열을 올려주고 실시해야한다. 우리가 앞서서 함께했던 준비 운동으로 웜업을 먼저 해야, 단어 그대로 몸이 예열을 하고 가동을 준비한다. 그렇게 가동 준비를 해줘야 굉장히 고단한 훈련 중 하나인 인터벌 훈련을 무사히 마칠 수 있다.

인터벌은 스피드와 피로감에 대한 내성을 기르는 것이 주목적이고, 최대 산소 섭취량을 증가시켜준다는 장점이 있다. 하지만 선수처럼 훈련하면 달리기에 흥미를 잃고 부상 입을 확률도 상당히 높기 때문에 우리는 약한 인터벌을 하는 것이 좋다.

자신의 조깅 스피드에서 조금 더 빨리 달리는 구간을 설정한 뒤 시간을 체크하여 '10분 조깅 → 1분 빠르게 질주' 하는 식으로 구성을 놓고 약 10~20세트 정도 실시하면 아주 좋은 인터벌 훈련을 한 것이다. 만약 트랙에서 진행한다면 조금 더 수월하다. '400m 질주 → 200m 회복 조깅' 순서로 20세트 실시하면 좋은 인터벌 훈련이 된다.

단, 잊지 말자. 다리가 안 좋거나 컨디션이 좋지 않으면 편안하게 조깅으로 끝내고 들어와도 괜찮다. 괜히 무리해서 부상을 키우지 말자.

파틀렉

인터벌과 비슷한 면이 있지만 파틀렉에는 또 다른 매력이 있다. 인터벌은 정해진 구간에서 정해진 대로 순서 있게 달리는 거라면 파틀렉은 자신이 원하는 구간에서 속력을 내고 늦추고 고도 있는 오르막에서는 조깅으로 내리막에서는 질주로 이렇게 자신의 입맛대로 뛸 수 있는 훈련이다. 또한 일정하게 조성된 곳이 아닌 자연 그대로를 달리는 것이기 때문에 즐겁고 정말 신이 난다. 하지만 가장 중요한 것은 첫째도 안전 둘째도 안전이다.

파틀렉의 장소는 어디든 될 수 있지만 가능하다면 이런 곳이 좋다. 고도의 차이가 있는 곳, 지루할 틈이 없는 자연경관이 섞인 곳이면 너무 좋다. 나아가 반복적으로 그 주위를 돌 수 있으면 더욱 좋고 잔디까지 푹신하게 있다면 최고의 장소인 셈이다.

파틀렉도 인터벌과 마찬가지로 빠른 속력을 내는 구간이 있기 때문에 다리에 무리가 많이 갈 수밖에 없다 그렇기에 주1회씩, 인터벌과 번갈아 가면서 실시해 주면 좋다. 이번 주에 인터벌 훈련을 했다면, 다음 주에는 파틀렉 훈련을 하는 것이다.

자신이 원하는 구간에서 질주하고 또 힘이 떨어지는 구간에서는 조깅으로 회복하는 과정을 반복하여 지형 적응력과 회복력을 키워보자.

LSD

LSD(Long Slow Distance) 훈련은 천천히 장거리를 뛰는 훈련이다. LSD 훈련은 심폐지구력과 유산소 능력을 월등하게 키우는 데 아주 좋다. 만약 풀코스 마라톤을 목표로 삼았다면 반드시 해야 하는 훈련 중 하나이다. 오래 달리면서 지근* 을 지속해서 자극해 주기 때문이다.

LSD의 가장 중요한 점은 천천히 오래 달리는 것이다. 많은 사람들이 천천히 달리는 것을 매우 어려워한다. 하지만 천천히 오래 달릴 수 있어야 같은 폼을 오래 유지할 수도 있고 페이스 조

지속성이 강하고 피로에 강해 지구력 운동에 탁월한 근육. 적근이라고도 불린다.

절도 가능하기 때문이다. 다만 시간이 꽤 오래 걸리기 때문에 주말에 해주는 것이 좋다. 가능하면 경치가 좋고 길게 뛸 수 있는 길을 알아 놓는다면 그것만큼 좋은 것도 없다.

기본적으로 하프 이상의 거리를 뛰는 것을 목표로 하는데 처음 LSD를 하게 된다면 15km를 잡고 달리는 편이 좋다. 달리면서 숨이 차지 않고 대화가 될 정도의 스피드면 자신에게 딱 맞는 적당한 스피드다.

가능하다면 쿠셔닝이 있는 신발로 동일한 자세, 페이스를 유지하려고 노력해보자. 또 장거리 달리기에서는 물이 필수인데 손에 들고 뛰면 균형 잡기도 어렵고 팔도 아프니 러닝용 베스트를 하나 구매하는 것을 추천한다. 요새는 트레일 러닝이 많이 유행하여 시중에 저렴하고 좋은 제품들도 많으니 구매해서 물을 꼭 준비하여 뛰는 것을 권장한다.

먹는 훈련이
이렇게 중요하다니

일반적인 로드 마라톤을 하면 사실 먹는 훈련은 그렇게 큰 비중을 차지하지 않는다. 하지만 트레일 러닝이나 울트라 마라톤을 하게 된다면 이야기가 달라진다. 얼마나 잘 먹고 연료를 채워 넣느냐에 따라 달릴 수 있는 거리가 정해지고 완주를 할 수 있는가 없는가가 결정이 된다.

잠깐 트레일 마라톤 이야기를 해보자. 처음으로 달리기 동료와 함께 트레일 러닝이라는 대회를 나갔을 때의 일이다. 산에서 무려 50km 거리를 뛰는 대회였다. 살짝 긴장되었지만 로드에서라면 100km를 여러 번 달려본 터라 크게 걱정하지는 않았다. 함께 참가한 분들도 나름 실력이 뛰어나고 좋은 경험을 많이 쌓은 분들이어서 든든했다. 그렇게 대회는 시작되었다.

문제가 생겼다. 엄청난 비가 쏟아지기 시작한 것이다. 산길은 금세 진흙투성이가 되었고 여기저기서 이리저리 미끄러지는 사람이 속출했다. 어찌저찌 고난의 길을 헤쳐 나가자 고대하던 두 번째 CP에 도착했다. 왜 기다렸냐면 주먹밥과 간단한 요기를 할 수 있는 국수가 준비되었기 때문이다. 배가 너무 고팠던 나는 주먹밥 8개를 먹고도 국수를 3그릇을 비웠다. 또 주전부리인 오○스, 바나나 등 옆에 있다는 이유로 주워 먹었다. 생존 회로가 돌아서 생존을 위해 달렸어야 했는데, 허기진 상태에서 먹을거리를 만나자 머리에선 행복 회로만 돌았다.

한참을 먹다가 본능적으로 가야 한다는 생각이 들어서 일행들을 재촉했다. 그리고 나는 우리 일행들에게 '실격'이라는 패배를 안겨 주었다. 코스를 잘못 드는 바람에 생긴 일이다. 그때의 일만 생각하면 일행들에게 너무나도 미안하다. 마음에 진 짐이다. 하지만 그때 그 주먹밥. 정말 맛있었다.

다시 본론으로 돌아와서, 우리 몸은 한정된 에너지만 저장할 수 있기 때문에 더 채워 넣는다고 해서 늘어나지 않는다. 그 한정된 에너지를 잘 사용하고 얼마나 잘 채워 넣는지가 울트라 마라톤의 핵심 포인트라고 봐도 무방하다.

일반 로드 마라톤에서도 선수가 아닌 이상은 20km 지점이 지나가면 에너지를 채워 넣어줘야 한다. 그 시점이 에너지 고갈의 시점과 비슷하게 맞닿아 있기에 에너지를 채워 넣는 연습을 하는 것이다. 그렇다면 에너지는 어떻게 채워 넣는 것이 좋을까.

시중에 나와 있는 에너지 젤이라는 행동 보충식이 제일 유명하다. 에너지 젤은 몸에 급속도로 에너지를 충전시켜서 빠른 흡수가 큰 장점이다. 다만 아무래도 가공을 한 식품이다 보니 많이, 자주 먹으면 몸에 좋지 않다. 그리고 마라톤은 나이가 들면 들수록 장기에 큰 부담을 주기 때문에 가급적이면 대회 때나 먹는 것이 좋다. 또한 맛도 여러 가지가 있기에 호불호가 굉장히 갈린다. 그래서 여러 제품을 맛보며 자신에게 맞는 제품을 찾는 것이 제일 좋다.

무엇보다 가장 좋은 것은 에너지바 종류나 직접 씹어서 소화를 시킬 수 있는 에너지원이다. 천천히 소화를 시키면서 올라오는 에너지는 빠르게 올라오는 에너지보다 고갈이 느리게 되고 더 오랜 시간 사용되므로 효율적인 측면에서도 뛰어나다. 다만 부피가 크고 보관적인 효율이 떨어지므로 그런 부분들은 어떻게 챙길지 생각하고 있어야 한다.

달리며 섭취하기

달리면서 무언가를 먹는다는 것은 생각보다 많이 어렵다. 연습이 되어있지 않으면 사레가 들리기 십상이다. 한 번은 처음으로 긴 장거리를 도전하는 날이었고, 여러 가지 음식들을 시험해 보기 위해 소시지와 에너지바, 젤리, 바나나를 챙겨서 50km를 달리러 나갔다. 처음 가는 긴 거리이기에 걱정도 많이 되었고 코스의 길이가 잘 맞을지도 걱정이 되었다.

그렇게 처음으로 장거리를 시작하고 먹는 훈련을 연습하는 과정이라고 생각하며 10km마다 음식들을 먹기 시작했다. 처음에는 바나나와 젤리를, 두 번째도 똑같이 먹었다. 보관에는 불편했지만 달리면서 먹기에 크게 불편한 감이 없었기에 좋은 에너지원이라고 생각이 들었다.

30km가 넘어서면서부터는 몸에 피로감이 쌓였다. 조금 더 헤비한 에너지를 먹어보고 싶어서 소시지를 먹었는데 달리기 호흡을 하며 무언가를 씹어서 넘긴다는 건 정말 참 어려운 일이었다. 소시지는 입 안에서 잘게 잘려 나가며 좋은 에너지원이 되는 듯싶었으나, 작게 조각난 조각들은 호흡을 하는 동안 목구멍에 걸려서 기침을 동반한 사례가 들렸다. 잠시 멈춰 서서 10분간 기침을 하고 물을 마셔댔다. 기분이 좋지 않았다. 후에 다시 한번 도전했지만 역시나 똑같은 상황이 벌어졌고 그 이후로 달릴 때는 소시지는 절대 먹지 않는다.

꽤 많은 대회들을 참가하면서 가장 좋았던 에너지원은 역시나 바나나이다. 바나나는 먹기도 편하고 씹기도 편하기에 정말 좋은 에너지 섭취원이다. 대회나 장거리를 계획하고 있다면 바나

나를 반 잘라서 가지고 다니면서 원하는 타이밍에 먹는다면 아주 좋은 효과를 볼 수 있을 것이다. 달리며 섭취하기까지는 꽤 많은 숙달 반복이 필요하며 경험도 필요하다. 그러니 대회에서의 좋은 퍼포먼스를 위해, 또는 건강한 달리기를 위해 달리며 섭취하는 것을 연습하고 대회에서 적용해 보자.

런태기는 작고 귀엽게 극복하는 거야!

런태기라는 말이 있다. 러닝과 권태기의 합성어로 달리기를 하다 불현듯 찾아오는 권태로운 시기를 일컫는다. 이 시기는 언제든 찾아올 수 있으며, 한없이 달리기가 지루해지고 재미가 없어진다.

이 권태로운 시기는 언제 찾아오는지 알기 힘들지만 대부분 이런 식으로 찾아온다. 달리기로 인해 무언가 큰 성취를 했을 때, 자신이 생각한 큰 도전을 성공했을 때 다음 목표가 사라지고 달리기에 대한 마음이 시들시들해진다. 예전처럼 똑같이 뛰고 똑같이 무언가를 해내도 처음의 그 도전을 위해서 해냈던 마음만큼 열정이 생기지 않는다. 이렇게 지속이 되다 보면 약간은 달리기가 지루해지고 지긋해진다. 바로 이때가 런태기가 아닐까 생각해 본다.

이 런태기를 극복하는 방법은 아주 다양하고 또 이 시기에 그만두는 사람도 많을 것이다. 그럼 어떤 식으로 견뎌내고 현명하게 잘 대처해야 런태기를 벗어나고 다시 잘 달릴 수 있을까?

우선은 처음 느꼈던 그 상쾌한, 기분 좋은 달리기를 다시 시작해 보자. 그동안은 성취를 위해 훈련을 하고 참아내고 견뎌냈던 달리기를 했다. 100km를 뛰기 위해 매주 80km를 넘게 달리며 참고 견뎌내는 달리기를 했다. 고통은 고스란히 마음에 저장이 되었고 끝내 그 거리를 완주했을 때 크나큰 기쁨도 있었지만 한편으론 다시 견디기 싫다는 마음이 생겼다. 물론 이런 초장거리는 견디는 능력이 필요하므로 그럴 수밖에 없지만 그 긴 시간을 견디는 마음이 두렵기도 했고, 힘들기도 했다.

그러다 처음 달리기를 했을 때가 생각났다. 노을 지는 한강 변을 보면서 멋진 노을을 감상하며 짧은 거리였지만 한껏 즐겼던 그 달리기. 그런 달리기가 하고 싶어졌다. 그리고 그런 작고 귀여운 달리기가 필요하다고 생각이 들었다. 어떤 상황을 새롭게 전환하기 위해선 처음 시작했을 때 그 감정과 그런 분위기가 필요하단 생각이 들었다. 런태기에 필요한 달리기가 바로 그런 달리기가 아닐까 생각해 본다.

쉽지 않겠지만 일주일에 3~4회 이상은 작고 귀여운 달리기를 달려보자. 달리는 거리보다는 거리에 무엇이 있는지 느끼며 페이스보다는 폐에 가득 들어오며 스치는 공기를 느끼는 그런 달리기. 그렇게 주변을 느끼며 즐기는 달리기를 하다 보면 다시 훈련을 계획했을 때 런태기때 느꼈던 지긋지긋한 감정이 조금은 덜 하며 애틋한 감정이 들기 시작한다. 그리고 애틋함이 다시 생겼을 때 다시 시작해 보자. 우리들의 달리기를.

도전하기

차곡차곡
'내가 해냄'을 쌓는다

보통 사람들이 살면서 10km 이상의 거리를 뛸 일이 있을까?
생각해 보면 없을 것이다. 하지만 취미로 달리기를 시작하고 달
리기에 푹 빠져서 지내게 된다면 10km 달리기는 더 이상 생소
하지 않게 된다. 그리고 나아가 대회에서 10km, 하프 마라톤,
풀코스 마라톤을 달리는 자신을 꿈꾸며 열심히 훈련하게 된다.
그런 모습들을 생각하며 앞으로의 대회 준비는 어떻게 해야 하
는지 알아보자.

대회를 준비하는 설렘

대회에 나가려면 무엇을 준비해야 할까? 일단 거리에 상관없이
편안한 기능성 운동복이 제일 중요하다. 땀 흡수와 배출이 잘
되는 기능성 티셔츠와 바지를 입고서 달리는 것을 추천한다. 그
리고 거리에 따라서 간단한 행동식이나 에너지 젤을 챙기고 가

장 중요한 러닝화를 챙기자. 예전 경험으로 미루어 볼 때 좋은 러닝화를 값어치를 확실하게 해 준다. 장비에 돈을 아끼지 말자. 부상을 줄여주는 가장 좋은 것은 휴식과 좋은 장비임을 잊지 말자.

달리면서 바지 주머니에 휴대 물품들을 넣고 달리면 덜렁거려서 불편하다. 그래서 러닝용 허리벨트를 착용하고 달리면 편하다. 러닝용 벨트에는 물품을 휴대하기 위한 공간이 꽤 많이 마련되어 있기 때문이다. 그리고 땀이 많이 나는 타입이라면 러닝용 헤드 밴드 또는 팔에 아대를 차고 닦으면서 가는 방법도 좋은 방법이다. 마지막으로 멋과 햇빛을 가리기 위한 고글을 착용하면 거울 속에 아주 멋진 러너의 모습이 보일 것이다.

대회장에서의 긴장감은 실로 어마어마하다. 다양하고 엄청난 사람들이 모여 있기에 에너지도 팍팍 생긴다. 하지만 그렇게 잔뜩 상기된 상태로 레이스를 시작하면 오버 페이스를 하기 때문에 부상과 직결되거나 그날의 레이스를 망칠 확률이 높다. 그렇기에 크루가 있다면 크루원들과 대화도 하면서 긴장을 줄이고 또 크루가 없어도 몸을 가볍게 풀 수 있는 공간을 찾아서 자신만의 스트레칭 루틴과 웜업을 하고 레이스를 시작하는 것을 추천한다. 몸을 푸는 것과 풀지 않는 것은 차이가 확연히 들어나기 때문에 꼭 긴장을 풀 수 있는 시간을 가지고 나서 레이스를 시작하는 것을 추천한다.

달리면서 수분 섭취는 필수이다. 가끔 물을 안 먹어도 된다고 하는 분들이 있는데, 그것은 오판이다. 날씨나 상황에 따라 조금씩 다르지만 수분을 섭취해야 탈수 증상을 예방할 수 있고 더운 날에는 열사병도 막을 수 있다.

가급적이면 이온 음료를 우선으로 전해질을 섭취 후 물을 조금 마셔주는 것이 도움이 된다. 우리 몸에는 전해질 중 하나인 나트륨이 칼륨과 균형을 이루고 있는데 땀으로 배출되는 나트륨 때문에 전해질 음료로 채워 넣어줘야 불균형이 일어나지 않는다. 균형이 깨지게 되면 몸에 이상이 생기므로 전해질이 들어있는 이온 음료로 수분을 보충 후 추가적으로 물을 조금 마셔주는 것이 레이스에 도움이 된다.

마라톤의 꽃, 풀코스 마라톤

코로나가 끝난 이후 많은 사람들이 야외에서 하는 운동을 즐기는 것을 볼 수 있다. 그러면서 마라톤과 트레일 러닝에 점점 더 많은 사람들의 시선이 집중되고 있다. 마라톤을 즐기다 보면 초보인 달림이도 '언젠가는…' 하며 풀코스 마라톤을 꿈꾸게 되기 마련이다. 거리가 얼마만큼인지 가늠도 안 되지만 인고의 시간을 버텨내며 달리는 풀코스 마라톤을 해보고 싶은 욕구가 생긴다. 로드 마라톤의 정점이 바로 풀코스 마라톤이기 때문이다.

코로나가 시작되기 몇 달 전 달리기를 제대로 시작하면서 하프 마라톤을 달리고 나니, 풀코스 마라톤이 정말 하고 싶었다. 왜 인지는 모르겠으나 엘리트 선수들의 올림픽 영상을 보면서 죽음과 가까워진 듯한 표정과 신체적 한계를 마주한 통증을 느끼면서도 달리는 이유가 궁금했다. 그리고 체험해 보고 싶었다. 내 한계는 어디이며 어디까지 갈 수 있을지 얼마나 버텨낼 수 있을지 이런 것들이 궁금해지기 시작했다.

한계를 마주한 사람은 어떤 기분일까? 개인마다 다르겠지만 아마 대부분 '드럽게 하기 싫다' '멈추고 싶다' 이렇게 분명 생각할 것이다. 그만큼 한계에 부딪힌다는 것은 모든 전력을 다 쏟아내고도 더 이겨내야 한다는 것이기 때문에, 정말 강한 멘탈을 가진 사람이 아니고서야 대부분 그만두고 싶다는 생각을 한다. 하지만 그 시점에서 조금이라도 자신을 이겨내고 어떻게든 더 해낸다면 그만큼 신체적 정신적 능력치는 업그레이드가 된다. 그런 순간을 경험하고 싶었기에 반드시 도전해 보고 싶었다.

그리고 얼마 지나지 않아 42.195km를 발을 질질 끌면서 해냈다. 처음에는 다신 뛰고 싶지 않다고 생각이 들었고, 점차 시간이 지날수록 스스로가 자랑스러워졌다.

이렇듯 풀코스 마라톤은 정말 어려운 것이며 아무리 자신이 있다고 하더라도 쉽게 뛸 수 있는 거리가 아니다. 하지만 단계적으로 몸을 훈련하고 풀코스 마라톤을 뛸 수 있게 몸을 만들어간다면 정말 못 뛸 거리도 아니기에, 마라톤의 정점, 마라톤의 꽃 42.195km를 도전할 수 있는 꿈을 꿀 수 있는 달림이가 되어 보자.

나도 풀코스 마라톤을 뛸 수 있을까?

마라톤의 꽃 풀코스를 해내고 싶더라도 마음만 있어서는 되지 않는다는 걸 알 것이다. 훈련이 뒷받침되어줘야 하고 그 훈련이 쌓여서 적어도 LSD로 35km 정도를 달려 본 적이 있어야 풀코스의 거리를 가늠하고 달려 볼 수 있겠다는 생각이 든다. 하지만 혼자가 아니고 누군가가 페이스메이커를 해주거나 이끌어 준다면 어려워하지 말고 부탁하자. 위대한 도전은 반드시 누군가의 희생과 노력에서 태어난다는 것을 기억하자.

마라톤을 하다 보면 가장 기본적인 부분을 놓치기 십상이다. 이유는 귀찮기 때문이다. 바로 달릴 수 있는데 준비운동을 하고 스트레칭을 하기가 너무 번거롭다. 그리고 달리고 나서도 한창 열심히 일한 근육(근막)을 마사지로 풀어주거나 염증 수치가 올라간 만큼 찬물로 아이싱을 해줘야 한다. 그래야 염증 수치가 내려간다.

그러나 뛰고 나서는 그럴 힘이 없고 만사가 다 귀찮기에 넘어가기 마련이다. 하지만 긴 장거리 연습을 하거나 빠른 인터벌 연습을 하기 전, 후 몸을 풀어주는 웜업과 끝난 후 쿨다운이 꼭 필요하다. 그리고 추가적으로 마사지와 아이싱도 꼭 해줘야 한다. 그럼 어떤 식으로 웜업과 쿨다운 그리고 회복을 해야 하는지 알아보자.

웜업은 회복과 직결된다

달리기를 시작하고 가장 부상이 많이 일어나는 부분이 바로 준비운동을 하지 않고, 또는 달린 후 정리운동을 하지 않아서 생기는 부상이다. 우리 몸은 반응할 준비가 필요해서 '이제 운동할 거야.'라고 뇌에서 전기 신호를 보내면 근육과 세포들이 그에 맞게 자리를 배치하고 움직이기 시작한다. 하지만 점진적으로 일어나기에 운동도 점진적으로 단계에 맞게 몸을 올려가야 한다. 그런 의미에서 웜업을 하는 것이다.

웜업과 스트레칭이 귀찮아서 건너뛰고 바로 심박을 올려서 달렸던 날 처음 부상을 당했다. 일 끝나고 스트레스를 받은 상태여서 바로 풀고 싶었던 날이었다. 몸에 열이 가해지지도, 뇌에서 근육과 세포에 신호가 전달되기도 전에 무작정 달렸다. 하지만 그 결과 족저근막에 염증이 생겨서 한동안 달리지도 못하고 걸을 때도 아팠다. 당연한 걸 알면서도 안 했기에 부족한 스스로를 탓했다. 그로 인해 스트레스는 더욱 쌓였고 집에 와서 눈물을 흘렸다. 참 억울하고 어디에 하소연을 하고 싶었지만 내 탓인 걸 잘 알기에 그럴 수도 없었다. 그날은 정말 암울했다.

이처럼 웜업은 운동을 하는 사람이라면 반드시 거쳐야 하는 단계이며 필수적으로 해주어야 부상을 예방하는 데 큰 도움이 된다. 웜업과 드릴 동작이 기억나지 않는다면 앞쪽(77~78쪽, 95쪽)을 다시 읽어보자.

정리 운동으로 진정시키기

운동을 마무리한 후에도 정리 운동은 꼭 해야 한다. 만약 하지 않고 피로한 상태로 놔두게 된다면 그것은 더 큰 부상으로 반드시 나타나기 때문이다. 달리기를 마친 직후에는 근육이 많이 경직된 상태이므로 바로 스트레칭을 하면 안 된다. 우선 마사지로 근막을 조금 유연하게 풀어주는 것이 좋다. 폼 롤러를 하면 아주 좋지만 그럴 정신과 공간이 마땅치 않기 때문에 쿨 다운으로 아주 가볍게 조깅하거나 걸으며 움직임을 점진적으로 줄여준다.

마라톤을 달리고 단번에 멈추게 된다면, 과부하인 상태로 몸이 멈추기 때문에 근육 경련이 올 수 있다. 그렇기에 쿨다운으로 꼭 가볍게 조깅이나 걷기를 해주자. 그리고 집에 가서는 마사지와 아이싱을 꼭 해주는 것이 좋다. 아이싱은 근육의 과도한 사용으로 인해 한껏 올라간 염증 수치를 내려주기에 (붓기와 부종을 줄여준다) 꼭 실시해야 한다. 마라톤이 끝난 후 아이싱을 바로 할 수 있으면 더 좋지만 여건이 그렇게 되지 않기에 집에 가서라도 꼭 해주는 것이 회복에 큰 도움이 된다.

달리기를 하다 보면 자신의 한계에 부딪히고 넘어서면서 점점 새로운 경험을 찾게 되고 조금 더 어려운 것을 원하게 된다. 그래서 풀코스 마라톤 기록을 단축하려는 것이고 조금 더 빨리 달리려 하는 것이다. 그런데 풀코스 마라톤을 넘어선 거리를 달리게 되면 울트라 마라톤이라는 신세계가 열린다.

처음 울트라 마라톤이라는 것을 들었을 때 '이건 내가 꼭 경험해 봐야 하는 것'이라는 생각이 머릿속을 가득 채웠다. 한동안 이 생각이 떠나지 않아서 매일 찾아보았다. 그런데 어딜 어떻게 달려야 하는지 무얼 준비해야 하는지 정보가 그리 많지 않았고 혼자서 달려보기까지 꽤 많은 시간이 걸렸다.

그렇게 마음속에 품어왔던 울트라 마라톤을 처음 달리고 나서 이런 생각이 들었다. '내가 다시는 이걸 하나 봐라.' 하지만 그 다짐이 우습게 벌써 100km 마라톤을 4번을 완주했고 한 번은 3위에 입상도 했으며 250km 사막 마라톤도 완주했다. 풀코스 마라톤도 너무나 힘든데 그 이상을 달리는 경기를 왜 하는 것일까?

자신과의 끝없는 사투

이런 힘든 일들을 겪다 보면 대부분 이런다. '다시는 하지 말자' 하지만 인간은 이상하게도 시간이 지나면 기억을 미화시키는 재주가 있다. 정말 너무 힘들었고 생각하기도 싫고 그만두고 싶었었는데 시간이 지나고 다시 생각해 보면 그 순간이 그리웠고 애틋했으며 잊을 수 없는 최고의 순간이기도 한 것처럼 뇌에서 기억을 조작해 버린다. 미화된 기억을 추억하다 보면 어느새 그때 겪었던 것과 비슷하거나 더 강한 체험을 하기 위해 생각하고 준비하는 스스로를 볼 수 있다. 모든 사람이 그렇지는 않지만, 거의 대부분이 비슷할 것이다. 특히나 다이내믹한 취미들을 가지고 있는 사람들이라면 더더욱.

자신과의 끝없는 사투 속에서 희열이 느껴지고 끊임없이 이겨내야만 완주할 수 있는 울트라 마라톤도 참 다이내믹한 악취미라는 점은 분명하다. 100km라는 거리는 자동차로도 가기 힘든 거리이다. 운전을 하면서 두 번 정도는 쉬었다가 가야 하는 거리다. 그런 거리를 달려서 완주하다니, 정말 생각만 해도 끔찍하지 않은가? 그런 끔찍한 취미들을 즐기는 사람들이 있고 대단한 사람들이 많이 있다는 것도 울트라 마라톤을 제대로 시작하게 되면서 알게 되었다.

처음으로 참가한 울트라 마라톤 대회는 '천안 홍타령 울트라 마라톤 100km'였다. 혼자 천안까지 기차를 타고 가서 경기를 뛰고 그다음 날 대구로 넘어가 친구를 만나서 영웅담을 쏟아내었던 나의 첫 경기여서 그런지 굉장히 기억에 많이 남는다. 이 경기를 뛰고 나서 사우나로 가는 길에 펑펑 울었던 기억이 있다. 정말 힘들었고 외로웠고 고독했으며 다리가 너무 아팠다.

꽤 좋은 기록으로 완주했는데 12시간 50분 대의 기록이었다. 하지만 4번의 산을 넘는, 처음 겪어보는 엄청난 고도 차이에 다리는 너덜거리는 상태가 되었고 젖산이 가득 쌓여서 경직된 상태로 레이스를 마무리했다.

또 하나의 기억을 꺼내보자면 90km CP(체크포인트)에서는 아주 맛있는 꿀떡이 있었다. 천안 홍타령 대회는 선수분들이 편하게 달릴 수 있도록 음식 제공과 자원봉사가 아주 좋은 명품 대회로 유명하다. 그 분홍색 아름다운 자태를 보고 너무 먹음직스러워서 먹고 싶었다. 씹었을 때 꿀떡의 사이로 나오는 달콤한 꿀과 고소한 깨를 너무 먹고 싶었다. 꿀떡을 집어 들고 한입에 털어 넣었다. 황홀했다. 그리곤 앉아서 편하게 즐기면서 먹고 싶다는 생각이 들었다. 플라스틱 의자를 집어 들어 바닥에 놓고 앉으려는데 다리가 경직돼서 앉을 수가 없었다. 그리고 이 생각이 스쳤다. 억지로 앉았다가 다시는 이 경기에서는 일어나지 못할 것 같았다. 그래서 먹고 있던 떡을 마저 먹고 물과 이온 음료를 채워서 나머지 10km를 향해 앞으로 나아갔다. 분명히 달리고 있는데 걷는 것보다 느렸다. 걷는 것이 훨씬 빨랐다. 나중에 터득한 사실인데 이렇게 경직된 상태에서는 뛰기보단 빠른 걸음으로 걸으며 다리를 풀어주면 몸이 좀 풀려서 다시 뛸 수 있는 상태가 된다.

아무튼 걷다가 뛰다가 그러면서 마지막 피니시 라인을 넘어섰다. 달리고 있는데 걷는 것보다 느리다, 정말 처절하게 달렸다. 그런 순간과 처음 울트라 마라톤을 완주했다는 기쁨과 여러 감정들이 뒤섞여서 눈물로 나왔다. 그렇게 자신과의 끝없는 사투를 벌이며 달려온 순간들은 인생에 있어서 정말 값진 순간이 되어간다. 그리고 기억은 미화되며 다음 경기를 찾고 있는, 새로운 경험을 찾고 있는 나를 발견할 수 있다.

나이가 들면서 스스로를 찾아가는 순간을 중요하게 생각하는 것 같다. 그리고 그 과정을 만들어 가는 것은 여러 방법들이 있겠지만, 울트라 마라톤은 달리는 그 과정에서 자신을 찾아가는 매력이 있는 것 같다. 중년의 나이에 울트라 마라톤을 많이 시작한다. 그 이유는 아마도 자신과의 끝없는 사투 속에서 진정한 보석 같은 나를 발견하기 때문이 아닐까 하는 생각이 든다.

100km라고? 미쳤어?

아직도 기억난다. 달리기를 취미로 하지 않는 주변 사람들에게 내가 100km를 달린다고 이야기한 적이 있었다. 다들 하나같이 "미쳤어?" "너무 과해" "아니 왜?"와 같은 반응이었다. 그리고 그럴만하다.

하지만 그런 반응들 속에서 나는 제주도 100km를 혼자 기획하고 달려서 해냈고, 소아암 백혈병 어린이 환아분들께 100만 원을 기부할 수 있었다. 미친것이 당연하다고 여겨지는 세상에서 한번쯤은 미쳐 보아야 또 다른 세상을 볼 수 있다. 그렇게 아직도 나는 미친 짓을 하고 있다.

근데 달라진 것이 있다. 주변 반응이다. 이제는 믿어주고 응원을 해주고 있다. 처음에는 아마 몰라서, 해낼 수 없을 것 같아서 그랬을 수도 있다. 하지만 미친 짓을 여러 번 해내는 것을 본 후 주변 반응이 정말 몰라보게 달라졌다. 그리고 그 응원의 기운과 해냈다는 자신감은 쉽게 쓰러지지 않는 사람으로 만들어 준다. 그래서 오늘도 어떤 미친 짓을 할지 궁리하며, 머릿속으로 새로운 상상의 나래를 펼치는 중이다.

열심히 만으로는 되지 않는 것

울트라 마라톤은 아무리 자신에 대한 자신감이 넘치고 훈련의 성과가 좋았어도 쉽게 완주할 수 있는 마라톤은 아니다. 약 12

시간 동안 발생할 수 있는 변수가 너무나도 많기에 끊임없이 집중해야 하며 모든 순간들을 놓치면 안 된다. 오버 페이스를 해서도 완주하기 힘들고 또 너무 느리게 달려도 완주하기 힘들다. 시간이 길어질수록 몸의 피로도는 급격하게 올라가기 때문이다.

그래서 작전이 필요하다. 평소에 달리면서 음식물을 섭취하는 훈련이 몸에 배어있다면 더욱 좋다. 50km CP에서는 식사를 주는데 든든하게 먹어 놓는 것이 나중을 위해서라도 좋고 완주를 하려면 먹어야 한다. 울트라 마라톤은 시간을 견뎌내는 싸움이기도 하지만 누가 더 잘 먹고 오래 가느냐의 싸움이기도 하기 때문이다.

그리고 가장 중요한 것은 마음이다. 믿기지 않겠지만 즐겁게 소풍 왔다고 생각하면서 가야 오래 잘 달릴 수 있다. 선두 경쟁에 집착해서 달리다 보면 어딘가 탈이 난다. 3위에 입상할 때도, 12시간 주 대회에서도 오직 잘하려고 순위에 집착하다 보니 즐기지 못했고 참 힘들게 경기를 했었다.

울트라 마라톤을 잘 달릴 수 있는 방법은 여유 있는 마음을 가지고 즐기면서 달리면 반드시 완주할 수 있다. 그리고 그것이 바로 완주의 목적이자 비결인 것 같다. 물론, 순위를 차지하려면 다르지만 말이다.

4번의 도전

평생을 살면서 상이라고는 받아 본 적이 없었다. 초등학교 때 개근상 이후로는 없었던 것 같다. 그런데 50km에서 회차하며 다시 달리고 있었다. 50km CP로 들어가는 주자들에게 "파이팅!!" "힘내세요!!"를 열심히 외치며 달리고 있었다. 그러자 누가 이야기해 준다. "힘내세요! 지금 3등이에요!" 이 말을 듣자마자 눈에 눈물이 고였다. 나름 열심히 준비했고 또 정말 좋아하는 제주도에서, 제주 국제 울트라 마라톤 100km 대회에서 내가 좋은 성적을 내고 있다니. 정말 감격스러웠고 믿기지 않았다. 분명 앞에 주자들이 더 많았는데 말이다. 후에 알고 보니 전부 200km 주자들이었다.

아무튼 이번 대회에는 자신이 있었다. 왜냐하면 전에 한번 뛰어 본 적이 있었고 자전거로도 한 바퀴를 돌아봤기에 아주 익숙했다. 또한 훈련이 아주 잘 되어 있었다. 매달 달리기 마일리지를 350-400 사이로 쌓아왔기에 달리는 것에 대한 부담도 적었고 장거리 위주로 많이 뛰었기에 시간에 대한 버티는 내성이 있었다. 그리고 처음 시작 시 작전도 참 좋았다. 같은 대한울트라 마라톤 연맹(KUMF) 선배님들의 뒤에서 졸졸 따라서 선두권으로 들어갔다. 그렇게 바람의 저항을 최대한 피하면서 달릴 수 있었고 50km에서 회차하기 전까지 체력을 많이 아낄 수 있었다. 그리고 회차를 하면서 순위를 듣자마자 더욱 속도를 내어 60km CP까지 달려갔다. 한데 점차 몸의 에너지 소비가 빨라지고 회복 속도도 더딘 순간이 왔다. CP에 머무는 시간은 3분이 채 되지 않았다. 앞에 2등이 보였는데 어느새 보이지 않는다. 이제 혼자만의 싸움이다.

제 앞에 몇 명이나 있어요?

한참을 가다가 주로 표식이 끊긴 곳이 있었다. 분명 왔던 길로 다시 되돌아가는데도 왜 기억이 당최 나질 않는지 너무 답답했지만 일단 달렸다. 그리고 나온 길은 낭떠러지. 마음이 급했다. 다시 돌아가서 열나게 달려본다. 80km CP가 앞에 보인다. 길을 몇 번 헤맨 상태라 순위가 바뀌었을까 봐 조마조마했다. CP에 있는 자원봉사자에게 살며시 물어봤다. "혹시…. 제 앞에 몇 명 지나갔나요?" "아~ 두 명이요."

아직 3등이었다. 답변을 듣기까지 얼마나 심장이 콩닥거렸는지 모른다. 순위를 확인하고 바로 채비하여 달린다. 바나나와 먹을 거리를 손에 쥐고 출발했다. 새벽 6시에 출발했는데 슬슬 날이 저무는 오후가 되어가고 있다. 2등과의 거리 차이도 물어보았으나 차이가 30분 정도 난다고 들어서 3위만 지키자는 생각으로 달렸다. 정말 열심히 달렸다. 눈에 불을 켜고 달리니 지나가는 시민들이 환호해 주었다. 그러자 또 힘이 나서 스피드를 좀 올려보았다. 순간 반짝하는 그 응원의 기운은 잊을 수가 없다.

마지막 90km CP에서 혹시나 해서 물어봤다. "앞에 몇 명 지나 갔나요?" "두 명이요." 3등을 할 수 있다는 확신이 점점 들었다. 하지만 끝까지 의심은 했다. 그러면서 기도했다. 하늘에 계신 어머니께 마음속으로 이야기했다. '엄마, 나야 아들. 오랜만이 지. 다름이 아니라 내가 지금 울트라 마라톤을 달리고 있는데, 피니시 지점까지 얼마 안 남았어. 그리고 3등 할 수 있을 것 같 아. 그래서 끝까지 엄마가 좀 도와줬으면 좋겠어. 무사히 갈 수 있게 도와줘 엄마. 마지막까지 열심히 달려볼게.' 마지막에서도 길을 잃어서 호텔로 피니시 하는 줄 알고 호텔에 갔다가 아무도 없어서 다시 꽁무니 빠지게 달려갔다. 피니시 지점은 처음 출발 했던 공터였다. 여기서도 시간을 10분 넘게 지체해서 정말 가 슴이 두근거렸다. 그리고 자책도 많이 했다.

"으와아아아, 아!!!!" 괴성을 지르며 피니시를 넘어섰다. 다른 것은 다 제치고 기록부터 확인했다. 11시간 58분 03초. 기존 기록보다 1시간을 더 앞당겼다. 운이 너무 좋았지만, 원하던 3등도 할 수 있었다. 4번째 도전에서 이런 큰 상을 받게 되어서 너무나도 행복했고, 또 행복했다. 그리고 어머니께 감사의 인사를 드렸다. 그렇게 제주도는 내 마음에 더욱 깊숙이 들어왔고 제주도만 떠올리면 너무 행복한 순간이 된다.

앞으로 이런 귀한 일들이 또 있을지 모르겠지만, 그동안 해왔던 것처럼 열심히 달리고 즐겁게 소풍하듯 달려볼 생각이다. 그저 달릴 수 있음에 감사하며 살아있는 동안 풀 내음, 시원한 바람, 향긋한 아카시아 냄새를 즐기며.

개밥에 도토리

개밥에 도토리. 지금은 잘 쓰이지 않지만 옛날에는 자주 들었던 말이다. 개는 밥 속에 도토리가 섞여 들어가면, 도토리만 쏙 빼놓고 먹지 않기 때문이다. 이를 보고 따돌림을 받아서 무리의 축에 끼지 못하는 사람, 찬밥 신세가 되었을 때 비유적으로 사용하는 표현이다.

어릴 적 엄마는 내가 성질을 내거나 미운 짓을 잔뜩 골라 하면 이렇게 말하곤 했다. "너는 엄마 없으면, 개밥에 도토리야." 나는 그게 무슨 뜻인지도 모르거니와 철부지여서 또 혼자 성질을 내버리곤 했다. 지금 와서 생각해 보면 철이 없어도 이렇게 없나 싶다.

청소년기로 접어들어 사회적인 관계도 맺어가며 점차 세상을 보는 시각이 조금은 늘어났다. 그러면서 우리 집 상황을 알게됐다. 찢어지게 가난하다는 표현이 잘 어울릴 정도로 가난했다. 그제야 '개밥에 도토리'가 무엇인지 조금씩 이해하게 되었다. 집도 절도 없는 그야말로 세상 한복판에 던져진 외톨이가 되는 것이다.

외동아들에, 한부모가정, 찢어지게 가난한 집안. 누가 뭐래도 쓸쓸하기 위해 태어난 것이 맞다는 결론이 난다. 겉으로만 보기엔 이보다 더할 나위 없다. 어른이 돼서 생각하고, 다시 뒤돌아서 생각해도 참 억울하다. 그렇다고 대성할 기세도 갖지 못했고, 태도도 엉망이었기에 그야말로 총체적 난국이라는 말이 잘 어울린다.

그렇게 자신의 상황을 인지한 후로 주변의 시선들을 많이 의식하며 열등감 속에 살게 되었다. 이 모든 탓을 스스로에게 돌리면서 '왜 태어났나?' 라는 생각들을 많이 하게 되었다. 매일매일 나 같은 놈은 없어져야지. 왜 태어났을까? 그 이유가 굉장히 궁금했다. 이 열등감은 나날이 자신을 좀먹었고 남들에게 상처 주는 말이나 행동을 서슴없이 하게 되었다.

지금은 열등감도 줄었고, 타인을 보듬은 여유도 생겼다. 그리고 세상에 쓸쓸하기 위해 태어난 사람은 없다고 생각한다. 다만 살아가는 환경이 쓸쓸하게 만드는 일이 있을 뿐이다. 그래서 사람은 삶을 살아가는 환경이 매우 중요하다고 생각한다.

나아가 환경이 삶을 힘들게 할지라도 모진 세월을 견디다 보면 어떻게든 살아가고 자신의 대의를 찾는다고 믿는다. 마치 내가 모든 걸 다 포기하고 술에 빠져서 허우적거리고 있을 때, 삶의 바닥에서 마라톤을 만났던 그때처럼 말이다. 그러니 당신 지금 내가 쓸쓸하기 위해 태어난 건가? 생각이 들면, 이렇게 생각해 보라.

나는 어딘가엔 쓸모가 있는 사람이다. 그러니 큰 뜻을 품고, 이 모진 세월의 풍파를 견뎌내 보자. 그리고 스스로에게 이렇게 이야기해 주자.

"나는 나에게 아주 쓸모 있는 사람이야!"

- 제1회 당신의 미래는 아름답길 〔제주 100km〕

저 멀리서 또 푸른 안광이 보인다. 무섭고 두려웠다. 해낼 수 없
을 거라 생각했다.

달리기를 시작하고는 몸도 마음도 건강해지면서 남을 돕고 싶
다는 생각이 들었다. 친구가 대표로 있는 좋은 회사에서 일도
시작했기에 경제적으로도 걱정이 없어지니 더욱 다른 누군가
에게 베풀고, 돕고 싶었다. 그래서 정기 기부를 시작했다.

기부를 하니 내가 누군가에게 도움이 된다는 생각에 기분이 좋
아지고 자존감이 높아졌다. 달리기 대회도 나가고 싶었지만, 안
타깝게도 그 당시는 코로나로 인해 모든 대회가 비대면으로만
열렸다. 아쉬웠다, 그래도 비대면 대회라도 참가해보자 생각하

고 여러 대회들을 찾다가 소아암, 백혈병 어린이들을 돕는 대회들을 발견하곤 반드시 참가하고 싶었다. 그렇게 하나둘 작은 대회들에 참가를 하면서 달리기 실력도 꽤 준수해졌다. 한참 대회에 열을 올리던 날 어린 시절이 생각이 났다.

'정말 가난했다. 그래서 마음조차 가난했다. 다행인 것은 아프지 않았다는 것. 밥을 하도 안 먹어서 영양실조에 걸린 적도 한번 있었지만, 결국 무사했다.'

그런 기억이 있기에 아픈 어린이들을 돕고 싶었다. 아프면 아무것도 못 한다는 것을 잘 알고 있었으므로. 어린이는 꿈을 먹고 자라나 날개를 펼치며 비상해야 하는 존재 아닌가.

어떻게 하면 더 좋은 방법으로 도울 수 있을지 고민했다. 곧이어 그 당시 SNS에서 직접 기부 형식으로 소아암, 백혈병 환아를 위해 기부하는 캠페인이 생각이 났다. 어린이 병원에 경제적으로 조금 힘든 어린이들을 위해 직접 기부를 하고 싶었다. 그리고 혼자서 여행을 위해 적금을 들던 100만 원을 기부 금액으로 정하고, 거리는 100km로 정했다.

100km를 달려 본 적이 없지만, 문득 할 수 있겠다는 마음이 들었다. 그리고 그 마음이 식기 전에 얼른 글을 쓰고 사진을 찍어서 개인 SNS 채널에 홍보를 해버렸다. 반드시 할 수밖에 없게

만들어 놨다. 이제 준비할 건, 신체였다. 몸을 만들기 위해 열심히 달렸다. 100km라는 거리가 너무나 걱정되었지만 까짓 거 죽기야 하겠냐는 각오를 기본 마음으로 두니 그리 무섭지는 않았다.

한 몇 시간 지났을까? 핸드폰이 계속 울리길래 전화가 온 줄 알고 화면을 보니, SNS 속 사람들이 '좋아요'를 마구 누르며 엄청난 댓글이 달리기 시작했다. 혼자 달리는 개인 캠페인임에도 불구하고 자신의 채널에 따로 홍보를 해주시는 분들도 계셨다. 너무나도 신기했고, 더더욱 빠져나갈 수 없었다. 이왕 이렇게 된 거 4개월 동안 무지하게 열심히 달렸다. 몸무게는 89kg에서 83kg가 될 정도로 집중하며 달렸다. 중간 점검으로 80km 한강 한 바퀴를 달리고 나니 더욱 자신감이 생겼다. 그리고 결전의 날이 다가왔다.

서른세 살에 첫 비행기를 타고 처음 제주도로 여행을 간 적이 있다. 신비로운 세계에 정신이 아찔했다. 그 이후로 제주도에 맛이 들었고 친구들과 자전거로 제주 환상자전거길 을 3일에 걸쳐 완주했다. 그리고 그때 생각했다. '언젠가, 이 제주도 한 바퀴를 뛰어서 꼭 돌고 싶다.' 그런 생각을 하고 있던 와중에 캠페

제주도의 가장자리를 빙 둘러 만든 자전거 길이다. 제주의 일주도로와 해안 도로를 이어 만들었고 전체거리는 234km이다.

인을 만들게 되며 상황이 맞아떨어졌다. '그래! 제주도야!'

제주 환상 자전거길은 말 그대로 환상이다. 길이 너무나도 잘 되어있고 풍경 따라 그저 걷는 것만으로도 자연이 주는 다큐멘터리 영화를 마음속에 평생 소장할 수 있다. 그런 곳을 100km 나 달린다니. 황홀했다.

- 내가 여기서 포기한다고? 죽어도 못 해!
SNS상에서 이런 캠페인을 제주에서 한다고 하니 울트라 러너 이자 제주도민이신 강동욱 님과 오윤길 님이 제주도 코스에 대해서 자세히 알려 주셨다. 어디서 보급을 해야 하는지와 가장 중요한 화장실 위치까지. 지금 생각해 봐도 두 분이 보내주신 지도가 없었으면 정말 큰일 날 뻔했다. 그렇게 밤 10시에 정말 많은 사람들의 응원과 함께 출발했다.

평소 LSD로 훈련을 많이 해왔고 에너지 보급 훈련도 많이 해왔기에 35km 지점까지 무난하게 달려왔다. 중간에 몇 번의 이벤트가 있었는데 밤늦게 출발해서 그런지 아주 깜깜했다. 특히 해안도로는 가로등이 멀리 떨어져 있어서 앞이 안 보였다. 다행히 헤드렌턴을 챙겨서 내 앞가림은 할 수 있었다. 그렇게 한참 달리는데, 갑자기 정말 큰 개가 내 앞에 '짠' 하고 나타났다. 그 어둠 속에 흰색 큰 개를 마주쳤다고 생각해 보라. 심장이 덜컥 내려앉았다.

제주 100km를 하기 전에 여러 가지 정보를 검색하다 제주 '들 개'에 대해서 스쳐 지나가듯이 본 기억이 났다. 다리가 '후들후 들' 거렸다. 돌이 된 채 그 개와 대치하고 있었는데, 그때의 공 포는 아직도 생각하면 무섭다.

3시간 같은 30초가 지나고 내 뒤에서 어떤 생물체가 내 다리를 툭 하고 지나갔다. 나는 '어허~~~~이' 하면서 이상한 소리를 질렀다. 자세히 보니 아까 그 녀석과 비슷한 크기의 갈색 개다. 그리곤 둘이 만나더니 앞으로 가다가 나를 한번 보고, 또 가다 가 한번 보고하는데, 어찌나 심장이 쿵쾅거리던지. 갑자기 등을 보이고 달려가면 뒤따라올까 봐 나도 경계하면서 뒷걸음질 치 며 멀리 떨어질 때까지 시선을 놓치지 않았다. 그리고 멀리 떨 어졌을 때쯤 달리기 시작했다. 계속 뒤를 돌아보면서.

'탁, 철퍼덕!' 뒤를 보면서 빠르게 도망치다가 무언가에 발이 걸 렸다. 앞에 방지턱이 있었는데 그걸 볼 겨를이 없었다. 그대로 앞으로 고꾸라졌다. 계속 긴장된 상태라 아프지도 않았다. 툭툭 털고 일어나서 가는데 손이 좀 까졌다. 하지만 달리는 데는 문 제가 되지 않기에 한참을 다시 달려갔다.

아까와 같은 상황을 방지하고 좀 더 멀리 보기 위해 플래시를 상향으로 조정해서 달렸다. 그때 눈앞에서 도깨비불 같은 게 보 였다. 자세히 보니 동물의 눈이었다. 내 플래시에 반응한 동물의 안광이었는데, 자라 보고 놀란 가슴 솥뚜껑 보고 놀란다고, 또 두려웠다. 한참을 제자리에 서 있는데 점점 다가오는 그 두 눈. 불빛이 닿아 정체가 드러나는 곳까지 오니 살이 통통 오른 고양이었다. 허탈했다. 그 이후로 몇 번을 더 제주의 동물들과 만났다.

정말 포기할 뻔한 상황도 있었다. 이미 마음은 공포심으로 잔뜩 움츠러들었고, 계속된 어둠과 세찬 바람이 몸과 정신을 지치게 했다. 그런 상황에서 다시금 마주한 눈. 근데, 앞서 만났던 경우와 달랐다. 앞에서 만난 동물들은 움직여서 사라지거나 모습을 드러내거나 했는데, 이 녀석은 그 자리에 꼼짝 않고 있는 것이다. 마치 나를 기다리듯이. 위협이 되면 그냥 못 오게 발로 차버리면 되지라고 생각할 수도 있었지만, 그때는 이미 공포심이 만개했을 때다.

'포기할까? 기다릴까?' 이 두 가지 생각밖에 나지 않았다. 근데 포기하기에는 이미 너무 많이 사람들에게 이야기하고 알렸기에 도저히 그럴 수가 없었다. 나는 반드시 완주하고 싶었다. 어떻게든 해내고 싶었다. 거짓말을 하는 사람이 아니라는 것을 증명하고 싶었다. 주변에 있던 큰 돌을 들었다. 그리고 살살 다가갔는데 가면서 갑자기 이런 상상을 했다. 격전을 벌이다 부상을 당해서 중도 포기를 하게 되는 것을 상상하니 또 겁이 났다. 자신 있게 들었던 돌을 제자리에 살포시 놓는다.

그때가 10월이었으니 늦은 밤은 꽤 쌀쌀한 날씨였다. 게다가 바람이 하도 세차게 불어서 체감 온도는 더 낮았다. 한참 달궈 놓은 몸이 점점 식더니 체온이 훅 떨어진다. 너무 추웠다. 무섭고 추웠다. 만화에서만 보던 작은 악마가 내 한쪽 어깨에 뿅 하고 나타나서 "야~ 포기해, 포기하면 편해~"라고 속삭인다.

일단 너무 추우니 옆에 있던 건물 사이에 들어가서 구석에 있던 포대로 몸을 감싼다. 떨어진 체온은 나아지지 않고 시간이 얼마나 흘렀는지도 모르겠다. 사실 거의 반 포기 상태였다. 그때 울트라러너 윤길 님이 전화가 왔다. 지금은 윤길이 형이지만. 새벽 4시쯤이었나, 그 전화가 그렇게 반가웠다. "지금 어디쯤 가고 있어요?" 울먹이며 하소연한다. "앞에 뭐가 있는데요. 흑, 동물인지 뭔지 안 가요. 개도 만났고요." 그랬더니 아주 명쾌하게 해답을 알려주신다.

"아! 내가 그걸 이야기 안 해줬구나! 막대기 하나 구해서 탁! 탁! 치면서 살살 가면 도망가요." 뉴턴이 중력을 발견할 때 이런 느낌이었을까?, 소크라테스가 유레카를 외칠 때 이런 기분이었을까? 머리 위에 전구가 번뜩였다. '아, 해낼 수 있겠다.' 진심으로 감사했다.

통화 이후 날 밝아 올 때까지 나의 달리기엔 탁탁, 하는 소리가 끊이질 않았다. 어느새 날이 밝아오고 저 멀리서 해가 올라온다. 그 순간만큼은 넋을 잃고 바라봤다. 그리고 청춘 만화에 훈련하는 장면으로 많이 나오는 것처럼 떠오르는 해를 내 옆에 두고 달렸다. 기분이 정말 째졌다.

해가 완전히 뜨고, 점점 더워진다. 시간은 어느새 13시간째를 넘겨간다. 지체한 시간이 2시간 정도 있었으므로 아직 제한 시간에는 들어갈 수 있었다. 근데 뛰어지지가 않는다. 85km부터는 걸었다. 빠른 걸음과 느린 달리기로 나아갔다. 함께 나의 마지막을 이끌어 줄 친구와 만났다. 친구와 나머지 몇 km를 뛰었다. 99km, 정말 얼마 안 남았다. 이때는 기적이라 생각이 들었다. 100km에 골인하는 장면을 친구가 정말 잘 찍어 주었다. 깊은 감사를 전한다. 이때의 완주가 그 어떤 완주보다 기뻤다.

SNS에서 메시지를 주셔서 걱정해 주시고, 또 잘 해내라면서 그림도 그려 주시고, 인형 옷까지 입고 응원 댄스를 아주 멋지게 춰 주신 분, 많은 사람들이 한마음 한뜻으로 진심으로 응원해 주셔서 해낼 수 있었던 것 같다. 글을 쓰면서도 몇몇 분들이 떠오른다. 지금도 진심으로 응원해 주시는 현아 님 "유현 님, 건강하고 무사히 잘 돌아오시길 바랄께요!", 또 멋진 두선이형 "유현님, 쉽지 않은 길이지만 건강하게 그리고 꼭 해내실 수 있길 기원할게요.", 멀리 있지만 너무도 고마운 정원 님 "유현 님이 무사히 완주하실 수 있을 거라 믿고 있습니다." 힘을 한가득 주는 그들의 말을 나는 항상 가슴에 품고 있다. 다시 한번 응원해

주셨던 많은 분들께 감사의 말을 올리고 싶다.

후기를 올리면서도 꽤 많은 눈물을 글썽였던 것 같다. 세상에 따뜻한 사람들이, 마음들이 그렇게나 많을 줄은 몰랐었다. 그리고 소아암, 백혈병 환아를 돕는 100만 원을 병원에 기부했다. '제1회 당신의 미래는 아름답길'이라는 기부 대회가 무사히 치러진 순간이었다. 그 이후로 나는 선한 영향력을 더 많이 알리고 행하는 사람이 되기로 다짐했다.

베푸는 삶을 통한 자기성찰

예전에는 스스로 앞가림조차 힘들어서 굉장히 이기적으로 나만 생각했다. 치열한 사회에서 살아남으려면 그렇게 살아왔어야 했다. 그저 생존만이 답이었다. 생존을 위해서는 두려울 것도 없었다. 오직 나만을 위해. 하지만 나이가 점차 들어가고 또 사회적으로 활동도 하며 여러 사람을 만나다 보니 그렇게 사는게 전부가 아니었다는 생각이 또렷하게 들어갔다. 이 세상은 혼자 살아가는 것이 아닌 모두가 연결되어 톱니바퀴처럼 맞물려 살아가는 것이었다.

그러면서 달리기를 하게 되고 점차 긍정적인 마음과 건강한 정신이 깃들어졌다. 건강한 신체에 건강한 정신이 깃드니 누군가를 돕고 싶다는 생각이 자연스레 들어갔다. 그러면서 작게 소액으로 기부도 하기 시작하고 연탄 봉사도 하기 시작했으며 이런 일들을 찾아다니니 자연스럽게 더 좋은 사람들을 만나게 되었다. 지금은 주변에 그런 좋은 사람들이 많아져서 삶에 대한 만족도도 굉장히 높다. 그리고 좋은 사람들은 또 다른 좋은 사람들을 만나게 해주고 그야말로 좋은 이 연속해서 일어나기 시작했다. 달리기를 시작했을 뿐인데, 누군가에게 베풀게 되고 스스로를 돌아보며 지난날에 대해 반성하게 되고 더 좋은 삶을 살기 위해 노력했더니 좋은 사람들을 만나게 되고 좋은 일들이 일어나게 되었다.

삶은 어떻게 생각하는지에 따라 180도 바뀔 수 있다고 이제는 확신한다. 자신의 운명은 반드시 자신이 바꿀 수 있다. 그리고 스스로가 누군가에게 좋은 에너지를 발산한다면 그 에너지는 돌고 돌아서 더 좋은 에너지로 자신에게 되돌아온다.

그러니 지금 가벼운 옷차림에 운동화를 신고 밖으로 나가보는 것은 어떨까?

기부가 신념을 바꾸다

기부는 그저 먼 나라 이야기로만 생각을 했던 적이 있다. 또 구세군 상자에 대해 수군수군, 간접 기부에 대한 수군수군한 안 좋은 소문 등으로 인해 등 기부에 대한 이미지는 술과 담배처럼 나쁜 것으로 정의하고 그렇게 생각했었다. 하지만 간접 기부든,

직접 기부든, 재능 기부던, 어떠한 방식으로든 간에 남에게 도움을 줄 수 있는 사람이 되고 그렇게 해 보니, 나 스스로가 인격이 건강하게 바뀌는 느낌이 들었다.

평생 홀로 지내온 나는 꽹장히 이기적이었다. 남들이 뭘 하던 아무 생각하지 않고 모조리 나에 대해 생각만 했다. 내 안위, 내 경제력, 내 것, 네 것도 내 것. 그런데 어느 날 길을 가다 '선한 영향력을 행사하는 가게'라는 배너가 있는 음식점을 보았다. 가까이 가서 보니 결식 아이들에게 무상으로 음식을 제공한다는 내용이었다. 그것을 보고 가슴속에서 무언가 뜨거운 것이 올라오더니 이내 눈에 맺혔다. 그런 영향력을 펼치고 계신 분이 누군지 궁금했다. 찾아보니 전국에 음식점 사장님들께서 자발적으로 하는 캠페인이었다. 그런 가게를 운영하시는 사장님들이 진심으로 존경스러웠다.

선한 이들의 행동을 보며 나도 나만의 방법으로 선한 영향력을 행사하고 싶다는 씨앗이 바로 그때 심어진 것 같다. 그렇게 시간이 지난 후 그 씨앗이 발아하고, 달리기를 통해 영향력을 펼칠 수 있는 계기와 이어졌다. 또한 함께하는 힘에 대해서도 마음 깊이 알게 되었으며, 달리기와 기부를 통해 스스로가 성장하고 있다는 것을 알게 되었다.

어렸을 적 나 혼자만 생각하고 이기적이었던, '나만 잘 살면 돼'

라는 신념은 어느덧 우리 함께 잘 살아가자. 그리고 내가 도울 힘이 있다면 어려운 사람을 반드시 도와주자는 신념으로 바뀌게 되었다.

제2회 당신의 미래는 아름답길 〔국토종주 535km〕

'당신의 미래는 아름답길'이라는 대회를 마치고 많은 응원과 격려를 받았다. 또 새로운 사람들에게 기부에 대한 인식도 좋은 의미로 바꿔주고 나 스스로에게도 좋은 영향이 참 많았다. 그렇기에 매년 여는 행사로 진행하고 싶었고 2번째 대회는 나 혼자 기부하는 것이 아닌 사람들과 함께 기부하고 선한 영향력을 함께 전달하고 싶었다. 1회 대회를 마치고 그해 겨울에 크리스마스를 맞이해 도서 기부런을 진행했었고 꽤 많은 분들께서 참여해 주셔서 65만 원이라는 큰돈으로 안양의 집 어린이들에게 새 책을 선물할 수 있었다. 그때의 기억과 내용을 참고해서 2회 대회에 함께 운동하고 기부하는 이벤트로 진행을 하게 되었다.

국토 종주는 총 15일간 진행을 했고 함께 운동하고 기부하는 기간을 일주일로 잡았다. 그리고 그 기간에 SNS 상에서 운동으로 인증하고 함께해 주신 분들이 기부금을 함께 모아 주셨고, 그렇게 총 약 165만 원이라는 큰돈이 모이게 되었다. 정말 큰돈이 모였기에 그만큼 투명하게 기부를 진행했다. SNS상에서 함께하는 힘의 파급력이 이렇게 대단히 클 줄 몰랐었다. 하지만 운동하는 사람들의 착한 마음들과 선한 영향력 덕분에 소아암,

백혈병 환아들을 또 한 번 도울 수 있었고 함께하는 힘의 위대함도 느끼게 되었다.

굉장히 무더운 8월에 진행했던 국토 종주 뜨거웠던 날씨만큼 함께 해준 사람들의 뜨거운 마음과 열정들 덕분에 무사히 15일간의 국토 종주를 마칠 수 있었고 또한 기부도 할 수 있었다. 이런 마음과 마음이 만나 더 큰 마음이 되는 순간들이야말로 우리가 앞으로 미래에 남겨야 할 또 다른 중요한 자산이 아닌가 싶다.

우리는 이제 잘 달릴 수 있는 러너가 되어가고 있다. 달리기는
건강상, 또는 자신의 능력을 표출하는 것에 대한 목적성이 뚜렷
하지만 더 큰 의미로 많은 것을 포함해 보자면 다양한 좋은 점
을 가지고 있다. 사람과 사람 간의 네트워킹이 너무나도 잘 형
성될 수 있고 또한 그런 관계에서 오는 행복한 감정들의 출발선
은 달리기에 있다는 것이다. 달리기는 언제 어디서든 할 수 있
고 맨발로 다녀도, 제대로 된 옷이 없어도, 남녀노소 누구든지
즐길 수 있고 할 수 있다.

그리고 나이를 먹어 가면서도 충분히 실력이 늘 수 있는 몇 안
되는 스포츠 중 하나이다. 2023년 참가한 몽골 고비 사막 마라
톤에서 1등을 한 사람은 50대 아저씨였다. 전체 순위권 중에
40대, 50대가 꽤 많은 비중을 차지하고 있었고 잘하는 사람들

은 그때 완성이 되는구나 싶었다. 그만큼 달리기는 나이에 구애되지 않는 듯하다. 물론 몸이 건강하지 않으면 뛸 수 없다. 그런 건강을 위해서 관리를 해야 하는 것은 당연하다.

정신적인 부분도 빼놓을 수가 없는데 달리기를 하고 울트라 마라톤을 시작하고 나서 일상생활에서 짜증과 성질을 내는 순간들이 많이 줄어들었다. 왜 그런지 생각을 해보면 그 긴 시간 동안 끊임없이 몸을 움직이면서 쓸데없는 생각들을 줄이고 꼭 필요한 생각과 목표만 가지고 시간을 버티기 때문에 무언가에 휘둘리지 않고 집중할 수 있기 때문이 아닌가 생각이 든다. 무슨 일을 하다가 무언가에 말리게 되면 짜증이 난다. 지금 하는 것을 방해받기 때문이다. 하지만 집중을 하고 그 목표를 놓지 않고 있으면 방해받는 기분이 든다기보다 그냥 하나 처리해야 할 일이 더 생겼다고 생각이 들기에 기분이 나쁘지도 않고 잘 처리할 수 있게 된다. 그래서 중요한 일은 놓치지 않고 처리할 수 있고 중간에 생기는 이벤트들도 유연하게 대처하거나 잘 처리할 수 있다.

이렇게 달리기는 나의 삶에 꽤 많은 부분들을 바꿔 주었으며, 앞으로도 더 좋은 방향으로 성장할 수 있게 도와줄 것이라는 확신이 든다.

지금 두근거린다면, 당장 문을 열고 공원과 도심을 가로지르며 뛰어 보자.

누군가와 발맞춰 달린다는 것

밥 먹는 것도 노는 것도 산책하는 것도, 혼자 하는 것을 좋아하던 외톨이가 있었다. 사람들과 관계를 맺는 것을 매우 어려워하며 두려워했었다. 함께 하면 누군가에게 맞춰야 하고 하기 싫은 일들을 해야 하는 줄 알았다. 하지만 달리기를 하면서 그 생각은 180도 바뀌게 되었다.

달리기는 사람을 만나게 해주고 먼저 다가갈 수 있게 해주고 함께 생각할 수 있게 해준다. 서로 의지하며 발맞춰 달린다는 건 너무나도 멋진 일이 아닐 수 없다. 함께 하기를 싫어했던 외톨이도 크루에 가입하고 좋은 사람들을 만나며 함께 발맞춰 달리는 순간을 고대하고 있다. 그런 달리기는 사람과 사람을 이어주는 너무나도 좋은 운동이다. 함께하기가 두렵거나 망설여진다

면 달리기를 시작해 보라. 그렇게 당신의 삶이 바뀌는 순간이
올 것이다.

쓸쓸한 달리기를 이어가던 내가 크루에!?

'제2회 당신의 미래는 아름답길'을 진행하면서 조금 더 많은 사
람들과 함께 하고 싶었다. SNS상에서 여러모로 알아보던 중
"내가 달리고 내가 기부하는 달리기 크루"라는 모토로 여러 곳
에 기부 활동을 이어가는 크루를 알게 되었다. 작은 대회지만
함께 진행하면 좋을 것 같아서 그 크루의 크루장이었던 송민욱
님에게 연락을 드렸다. 아픈 어린이들에게 기부를 하는 그런 대
회를 만들어서 진행하려고 하는데 달뜀크루와 함께하고 싶다
는 내용으로 연락을 드렸고, 송민욱 님은 흔쾌히 크루에 물어보
고 진행할 수 있으면 함께 하겠다고 해주셨다.

그리하여 달뜀크루와 또 SNS상의 일반 참가자들과 노유현이
함께한 대회로 무사히 잘 치러졌고, 이런 좋은 취지의 일들을
하는 크루에 함께 하고 싶었다. 대회가 끝나고 나서도 나는 달
뜀크루의 일원으로 함께 많은 일들을 하고 있다. 연말에는 연탄
봉사도 함께 하고 장애인 요양시설에 함께 방문해서 기부 물품
도 전달해 드렸다. 이런 좋은 일들을 함께하니 기쁨이 두 배가
되었고 건강한 마음으로 삶을 조금 더 감사하게 되었다.

물론 따뜻한 크루원들과 함께 여러 지역들과 달리기 코스를 함

께 달리며 달리는 즐거움을 느끼게 되었다. 혼자 이 악물고 달리는 달리기는 재미없다. 결과를 무조건 만들어 내야 해서 고통스럽다. 그렇게 달리기와 조금씩 멀어지는 듯싶었으나, 크루에 가입하게 되고 다시 달리는 즐거움과 함께하는 것에 대한 즐거움을 깨닫게 되었다.

혹시 지금 당신도 혹독하고 힘든 달리기를 이어가고 있는가? 그렇다면, 꼭 한번은 자신과 색깔이 맞는 크루를 찾아서 가입을 하고 활동을 해보기를 추천한다. 분명 전과는 다른 달리기를 하고 있는 자신을 발견할 것이다.

용기를 가지고 나를 믿어야 할 때

내가 지금 하고 있는 일이 의심스러운가? 스스로를 믿지 못하고 자책하는 순간들이 비일비재한가? 남 탓만 하고 매사에 부정적인 사람으로 살고 있는가? 매사에 의욕이 없는 그저 하루하루를 버티는 삶을 살고 있는가?

그렇다면, 내가 잘할 수 있는 무언가를 하나 찾아서 그것을 조금 더 잘하도록 만들어 보자. 성취하는 과정을 만들어 가자. 성취는 스스로를 조금 더 진취적인 사람으로 그리고 자신을 좀 더 사랑하고 아끼는 사람으로 만들어 준다.

달리기를 시작하기 전에는 '왜 태어났을까, 살기 싫다.' '왜 내 인생은 이 모양 이 꼴일까?'라는 생각으로 살아왔다. 그렇게 단한 줄기의 빛도 없던 어둠 가득한 척박한 땅속에 달리기라는 아주 작은 씨앗이 날라와 메마른 땅에 자리 잡았고 물도 영양분도 거의 없던 그 땅속에서 그 씨앗은 자라기 시작했다. 어느 날 100km라는 거리를 달려서 성공해 내고 그날은 씨앗이 충분히 성장할 만큼의 비가 내렸다. 그리고 조금의 햇빛이 들었으며 달리기 씨앗은 어느새 싹을 틔우고 조금씩 자라나고 있었다.

또 한번은 큰비와 엄청난 강풍이 불어서 날아가지 않을까 걱정했지만, 모진 비바람을 견뎌낸 후 꽃을 틔웠다. 투박하지만 자세히 보면 예쁜 모양의 꽃이었다. 어느덧 일 년이 지나고 달리기 꽃은 또 다른 씨앗을 뿌리고 한참 후에 푸릇푸릇한 달리기 정원이 만들어졌다.

깊은 어둠 속에 생명 하나 없던 땅에서 우연히 자라난 달리기라는 씨앗 덕분에, 그리고 그 생명을 지켜내려 노력한 덕분에 척박한 그 땅에서 자존감이 생겨났고, 끊임없는 성취 덕분에 풍요로운 삶이 이어지고 있다. 삶이 재밌다는 말이 나올 정도로 달리기는 내 삶 속에 깊이 연관되어 있다. 내일이 반갑고 오늘이 즐거운 삶을 살아가고 싶은가? 그렇다면 작은 씨앗을 틔우기 위해 삶의 모든 부분을 바라보고 자세히 느껴보자. 그리고 그 씨앗을 아끼며 잘 틔워보려 노력해 보자. 그렇게만 한다면 180도 달라진 나의 삶을 볼 수 있을 것이다.

요새 달리기 인기가 점점 많아지고 있다는 것을 실감한다. 젊은 사람들도 달리고 중년인 분들도 모두 달린다. 또한 크루들도 정말 많아지는 것을 보며 달리는 문화가 건강하게 받아들여지고 있다는 게 참 좋다고 생각했다.

함께 발맞춰 달리는 경험이 궁금하다면, 크루 참여를 한번 생각해 보자. 조금만 찾아봐도 굉장히 다양한 크루들을 만날 수 있다. 특정 지역을 기반으로 한 크루도 있고, 전국적인 규모의 크루도 있다. 그리고 태어난 띠에 맞춰 가입하는 나이대별 크루도 있다. 만약 크루에 들어가고 싶은데 나에게 맞는지 안 맞는지 알아보려면 어떻게 해야 할까? 일단은, 함께 호흡하고 뛰어보고 발맞춰 보는 것이 가장 좋은 방법이 아닐까 생각해 본다. 진정 나를 즐겁게 해주는 크루는 달려보면 알 수 있을 것이다.

에필로그

세상에 빛이 나지 않는 사람은 없다. 우리는 태어나면서부터 밝은 빛을 보며 태어난다. 하지만 살아가면서 그 빛이 점차 흐려지고 길을 잃고 어둠 속에 지내게 되는 시간들이 점차 생겨난다. 세월이란 파도는 참 모질게 우리를 무너뜨리고 다시 제자리로 돌아가게 만든다. 그렇게 우린 희망을 잃어가고 처음 가지고 태어난 빛을 잃어가기 마련이다.

유년 시절이 그랬고 청년 시절은 더 암울했으며 더 이상 빛이 없다고 생각했다. 가족이 없어서 혼자 눈물 흘리고 고난의 순간들과 힘겹게 싸워온 만큼 마음과 신체는 더욱 늙어갔다. 어디 하나 의지할 곳 없어서 수없이 길을 잃어버린 적도 태반이다. 지금 와서 생각해 봐도 참 안타깝고 짠한 과거다.

그렇지만 어떤 순간에도 삶에 대한 의지를 놓지 않고 포기하지 않았다. 단 한 번도 죽음과 가까워지지 않으려 노력했고 시련을 받으면 받을수록 삶의 의지를 더욱 반짝였다. 그리고 그 빛은 달리기를 만난 순간 진가를 보였다.

달리기를 만나고 삶이 충만해지고 어둠으로 가려져 앞이 보이지 않던 길들이 조금씩 보이기 시작했다. 그리고 그 빛은 이제 혼자 빛나지 않고 다른 곳을 비춰주며 또 다른 누군가를 밝혀주는 힘이 되어가고 있다고 확신한다.

사람과 사람이 만나 영향력을 주고받으며 함께 살아간다는 것이 얼마나 소중하고 행복한 일인지 알 수 있는 방법은 자신이 반짝반짝 빛나는 경험으로 알 수 있다. 그것이 앞으로 우리가 반짝반짝 빛나야 할 이유다.

어둠 가득한 이 세상에서 당신이 빛날 수 있게 멀리서 또는 가까이서 진정으로 응원하겠다. 그러니 당신의 마음속에서 외롭게 빛나고 있는 그 별이 오늘은 밖으로 나와 반짝였으면 좋겠다. 그리고 우리 함께 달려가자, 앞으로의 삶 속에서 당신이라는 별이 반짝반짝 빛나도록. 그 마음을 잊지 않는다면 달리기는 언제나 너와 나의 연결 고리가 되어줄 것이다.

별처럼 빛날 당신을 위해,
또 그 별을 보고 희망을 품을 나를 위해.

bonne chance.
여기까지 함께 달려준 모두에게 행운을 빈다.

• 주한 헝가리 부대사 & 울트라 마라톤메이트 Anett SZELEZSAN

Another runner's book – I thought when my ultra runner friend, Roh Yu-hyeon, addressed me with his request to write a congratulatory message for it. I am an ultarmarathon runner, of course I like running books, but already read a tons of it. What new can this book give me? Or you may also ask why should you read this book? Maybe you are not even a runner. Yet.

So let me tell you that this book is not an ordinary one, a happy story of a runner or a race. It is a story of a man who was lonely, hopeless and sad and who taught himself how to be happy and live a balanced life. He did this through running. Yes, it is possible even in Korean society and you also can do this! This book will show you how to build resistance and strenght to be able to cope with problematic situations better in your life. Running can help you to be more resilient and endure hardships life will bring. As a runner you'll be more aware of your surroundings, learn how to enjoy small things in life and help other people. And this book shows you how to do that. It encourages you to become a runner, a better person and live a happy and full life. So what are you waiting for?

And for the author I only have one sentence: Congratulations, You did a great job in running, in writing this book and in finding happiness too!

울트라러너 친구인 노유현 씨가 축하 메시지를 써달라고 연락했을 때 그저 '또 다른 러너의 책'이 나왔다고만 생각했다. 울트라 마라톤 선수인 나는 당연히 달리기 책을 좋아한다. 그러나 이미 많은 책을 읽었기에 이 책이 나에게 어떤 새로운 것을 줄 수 있는지, 왜 이 책을 읽어야 하는지 되물었다. 심지어 이 책을 든 사람은 러너가 아닐 수도 있다. 적어도 아직은 말이다.

이 책은 러너나 달리기 경주를 행복하게 이야기하는 평범한 책이 아니다. 오히려 외롭고 절망적이며 슬펐던 한 남자가 달리기를 통해서 행복하고 균형 잡힌 삶을 스스로 터득해가는 이야기이다. 그렇다, 한국 사회에서도 가능하고 여러분도 할 수 있는 일이다. 이 책이 당신의 인생에서 문제가 되는 상황에 더욱 잘 대처할 수 있도록 저항력과 힘을 키우는 방법을 보여줄 것이다. 그만큼 달리기는 회복력을 강화하며 인생에서의 고난을 견디는 데 도움이 된다. 달리는 사람으로서 당신은 주변 환경을 더 잘 인식하고, 삶의 작은 것들을 즐기고 다른 사람들을 돕는 방법을 배울 수 있다. 그 실천을 알려주는 이 책이 당신이 더 나은 사람이 되어 행복하고 충만한 삶을 살도록 격려할 것이다. 그러니 어서 읽지 않고 무엇을 더 기다리고 있는가?

마지막으로 저자에게 축하한다는 말을 더한다. 당신은 달리기와 이 책 집필, 그리고 행복 찾기에 있어서도 훌륭한 일을 해냈다고 말이다.

• 바이탈 솔루션 대표 **이상진**
《달려라 외톨이》는 노유현 작가의 선한 영향력을 유감없이 드러나는 책이다. 당신이 어떤 삶을 살았든 당신을 멋지게 유인해, 이제껏 기록에 연연했던 태도를 뒤집어 남을 위한 사고방식을 제시한다.

• 송선생 특수체육센터 대표, 달땀크루 수장 **송민욱**
그의 도전은 무식한 것 같지만 용감하다. 거칠 것 같지만 아름다운

한 청년의 이야기를 만났다. 이 책은 단지 한 청년의 이야기로 끝나지 않아야 한다. 그러므로 성장하고 싶거나 도전하고 싶은 사람, 그리고 외로워하고 있는 사람이 있다면 이 책을 꼭 권해줄 것이다. 나 또한 이 청년을 통해 생각과 생활과 그리고 마음이 변화되고 있음에 감사하다. 이 책이 바로 그 변화를 주었다.

도전하게 하고
실행하게 하고
함께하게 하고
그렇게 성장하게 한다.

• 동기부여 연설가&모험가 Jason Yoo

그가 달려온 길에는 우리 각자의 모습이 담겨있다. 처절하게 외롭고, 때론 삶의 의미를 고민하며, 가끔은 사랑하는 사람에게 상처받기도 했다. 그럼에도 불구하고 저자는 달리기를 통해서 인생을 되찾았다. 포기하지 않으면 결국 결승선을 통과하는 마라톤처럼, 숨이 가프고 다리가 아파와도 멈추지 않았다. 책을 읽다 보니 어느새 인간 노유현을 응원하고 있는 내 모습을 발견했다. 어쩌면 그건 나 자신을 향한 응원이었는지도 모른다.

모두 각자만의 페이스로 인생을 살아가지만, 그 속에는 공통점이 있다. 반드시 끝은 온다는 것. 하늘이 유독 뿌옇게 느껴지는 날, 다시 나아갈 용기가 필요하다면 이 책을 권하고 싶다.

• 대한 육상연맹 의무위원, 파워스포츠 과학연구소 대표 **이윤희** 박사

달리기! 떠올리기 만해도 가슴이 웅장해지며 설레는 단어이다. 다만 수많은 눈물과 땀을 흘린 후에 말이다. 우리는 달리면서 세상의 모든 때를 벗겨내기도 하고, 내 안에 들어 있는 부정적인 것을 일소에 말끔하게 날려버린다. 넉넉한 여유도 생기고 일상의 크고 작은 다툼이 부질없이 느껴지는 것을 경험하게 된다.

읽다가 만감이 교차되어 여러 번 쉬지 않을 수 없었다. 이 책안에 녹아 있는 실천철학, 경험철학이 곧 청년 노유현이 살아온 삶일 것이라는 생각이 들었다. 생각하고 실천에 옮기는 과정이 그리 쉽지는 않은데 수없이 엎어지고 깨지면서 고스란히 자신의 것으로 만들어버렸다. 나아가 오롯이 혼자가 아닌 여러 사람이 부대끼며 도우며 살아가야 한다는 것으로 단단하게 체화되었다.

물론 저자에게도 장거리 달리기는 정말 힘들었고 외로웠고 고독했으며 다리가, 온몸이 너무 아픈 경험이었다. 그러나 이런 고통 속에서 자신과 끝없는 사투를 겪으며 진정한, 보석 같은 나를 발견할 수 있다고 말한다. 달리기가 준 고귀한 선물을, 그 숭고한 가르침을 나를 사랑하는 길로 승화시킨 것이다. 앞으로도 청년 노유현은 또 그렇게 살아갈 것이라 믿어 의심치 않는다.

3년 전 코로나로 일상의 활동 폭이 좁아졌을 때, 역설적으로 더 많은 사람들이 달리기의 영역 안으로 들어온 듯합니다. 특정한 장소나 집합의 형태가 필요한 여타 운동이 제약되는 상황에서 '나 혼자', '아무 데서든' 할 수 있는 운동인 달리기는 마스크로 막혀 있었던 들숨과 날숨을 잠깐이나마 열어주는 판막 같았습니다. 그럼에도 사람들은 혼자만 달리지는 않았습니다. 언택트(untact)로 진행된 모두의 달리기는 인스타그램같은 소셜플랫폼을 통해 다양한 해쉬태그로 연결(contact)되었고, 나이와 생김을 모르면서도 사람들은 랜선 위에서 서로 친구가 되고 형 동생이 되어갔습니다. 저 역시도 이 시기에 달리기를 시작했고, 직접 만나지는 못했지만 매일 안부를 주고받는 절친님들이 늘어나기 시작했습니다. 유현님과도 그렇게 넷연(Net緣)을 맺어 친근히 부르게 되었습니다.

처음 유현님의 달리기는 조용했습니다. 대부분이 언택트 대회와 당시 법이 허용했던 인원 내에서의 소규모 단체런을 통해 서로의 기록을 인증했던 것과 달리 초기 유현님의 달리기는 자신이 살던 동네의 산책로나 둑길에서 혼자 조용히 달린 기록이 대부분이었습니다. 하지만 달린 후에 덧붙이던 "아! 재밌다."라는 짧은 소감에서 달리기에 대한 애틋함이 느껴졌고, 단순히 건강을 위한 운동이라는 목적 때문이 아니라는 것을 느꼈습니다. 달리는 것 자체가 좋고 달리기 속에서 무언가를 찾아가는 듯한 진지함이 유현님의 달리기에서도 조금씩 묻어나왔습니다.

그러던 어느 날 이 친구가 꼭꼭 숨겨두었던 자신의 캐릭터를 봉인 해제하는 일이 벌어졌습니다. 스스로 이름붙인 '제1회 당신의 미래가 아름답길'이라는 100km 달리기를 통해 소아암 병실에서 지내는 어린 친구들을 돕겠다고 공지한 겁니다. 당시에도 이미 다양한 목적의 기부런이 있었고 지금도 열리고 있지만 공인도 아닌 보통의 개인이 자신만의 의지와 비용을 들여 이렇게 도전과 기부를 함께 묶기란 흔한 일도 쉬운 일도 아니었습니다. 하지만 어느 10월 밤의 쌀쌀한 어둠속에, 유현님은 홀로 제주도 100km 해안길을 무사히 완주했고 자신이 준비한 100만 원과 십시일반 모은 사람들의 성금을 함께 기부했습니다.

마지막 100km 지점을 들어오는 영상 속의 기뻐하던 얼굴이 기억납니다. 그러나 제 기억에는 다음날 아침 일찍 서울대 소아암병원 앞으로 보낸 ATM 송금 영수증을 들고 환하게 웃던 모습이 진하게 남았습니다. 진짜 웃음. 진짜로 너무나 좋아서 웃던 웃음. 그 어렵고 위험한 도전을 다짐하게 만들었을 진심의 정체를 알 수 있었습니다. 그 웃음에서 유현님의 선한 달리기가 일회성 이벤트로 끝나지 않을 것이라는 것도 알았고, 이어진 '당신의 미래가 지혜롭길(21년 12월)', '제2회 당신의 미래가 아름답길-국토대장정(22년 8월)', '제3회 당신의 미래가 아름답길(23년 7월)' 등 자신의 두 다리를 통해 세상을 따뜻하게 만들려는 유현님의 도전과 기부는 계속되었습니다.

이후 코로나가 풀리고 온라인에서 맺어진 사람들의 관계는 자연스럽게 오프라인으로 옮겨졌습니다. 개인적인 만남이 늘어나면서 각자가 가지고 있던 인스타그램 바깥의 이야기도 조금씩 세상에 나오기 시작했습니다. 그리고 이전까지 어렴풋이 눈치로만 짐작했던 유현님의 고단했던 삶의 모습도 조금씩 알게 되었습니다. 왜 유현님의 달리기가 종종 어떤 사명에 가까운 모습을 띨 정도로 절실하고 극한의 도전을 쫓을 수밖에 없었는지 먹먹함과 이해가 함께 찾아왔습니다. 곁에서 돌봐주는 가족도 없이 지독한 외로움속에 살아왔고 지금도 넉넉한 형편이 아님에도 늘 기부와 선행을 고민하며 살고 있는, 그러기 위해서는 자신이 먼저 강하고 단단한 사람이 되어야 한다는 걸 너무나 잘 아는 유현님에게는, 남들은 한 번도 도전하기 힘든 극한의 도전을 계속해서 완주해내는 것이, 비록 자신에게는 불친절했지만 살아야할 가치가 충분한 이 세상을 가장 자신답게 사는 방법이라는 것을 이미 알았기 때문일 겁니다.

유현 님의 책속 이야기가 어떤 이에겐 비록 혼자일지라도 씩씩하게 세상을 살아갈 용기를 주고, 또 다른 누군가에겐 더 많은 키다리 아저씨의 역할을 하고 싶게끔 만드는 '선한 영향력'이 되기를 바랍니다. 무엇보다도 유현님의 인생이라는 마라톤에서도 이제는 영원한 러닝메이트를 만났으면 좋겠습니다.

달려라 외톨이

초판인쇄 2023년 11월 24일
초판발행 2023년 11월 24일

지은이 노유현
발행인 채종준

출판총괄 박능원
책임편집 유나
디자인 김예리
마케팅 조희진
전자책 정담자리
국제업무 채보라

브랜드 라라
주소 경기도 파주시 회동길 230(문발동)
투고문의 ksibook13@kstudy.com

발행처 한국학술정보(주)
출판신고 2003년 9월 25일 제406-2003-000012호
인쇄 북토리

ISBN 979-11-6983-774-3 03810

라라는 건강에 관한 도서를 출간하는 한국학술정보(주)의 출판 브랜드입니다.
라라란 '흥겹고 즐거운 삶을 살다'라는 순우리말로,
건강을 최우선의 가치로 두고 행복한 삶을 살자는 의미를 담고 있습니다.
'건강한 삶'에 대한 이정표를 찾을 수 있도록, 더 유익한 책을 만들고자 합니다.